成都烟火日常

杨献平　著

成都时代出版社
CHENGDU TIMES PRESS

图书在版编目（CIP）数据

成都烟火日常 / 杨献平著 . —— 成都 ：成都时代出版社，2024.12

（新时代成都文学丛书）

ISBN 978-7-5464-3381-3

Ⅰ . ①成… Ⅱ . ①杨… Ⅲ . ①散文集－中国－当代 Ⅳ . ① I267

中国国家版本馆 CIP 数据核字 (2024) 第 020998 号

成都烟火日常
CHENGDU YANHUO RICHANG

杨献平 ／ 著

出 品 人	钟　江
责任编辑	敬小丽
责任校对	阚朝阳
责任印制	江　黎　曾译乐
封面设计	成都九天众和
装帧设计	成都九天众和

出版发行	成都时代出版社
电　　话	（028）86742352（编辑部）
	（028）86763285（图书发行）
印　　刷	四川华龙印务有限公司
规　　格	170mm×240mm
印　　张	12.25
字　　数	155 千
版　　次	2024 年 12 月第 1 版
印　　次	2024 年 12 月第 1 次印刷
书　　号	ISBN 978-7-5464-3381-3
定　　价	58.00 元

目录

入蜀记

　　沿途之绿，庞然、天然、森然、苍然、蔚然、嫣然、粲然、悠然、怅然、仙然。在次第起伏的山坡、悬崖、沟渠，甚至废弃的屋顶与湿润的河边，植物拥挤、有序地生长，花朵犹如仙女翩跹其中。无数鸟儿空中飞旋，与阴雨纠缠。经过悠长而潮湿的隧道，短暂的黑，令人忍不住惊惧。天光再现，我看到被洪水冲垮的高速公路，居住多年的村庄的残迹，以及滑坡和泥石流后的残缺青山。这是位于岷江边上的映秀镇，2008年"5·12"汶川特大地震的中心之一。在这次地震中，上游的磨盘镇、漩口镇，以及汶川、北川等，都是震中，彭州、都江堰、金堂与成都主城区以及遂宁、南充、绵阳、德阳、广元等地，受灾也极严重。

　　那时，我还在巴丹吉林沙漠军营工作，看着关于地震的电视直播，心一次次被强力撕开，血淋淋、惨兮兮，盯着那些悲怆、惨烈的死难现场和揪心的救灾场景，身体顿时麻僵，好像一个朽烂了的木架子，稍微一挪动，即成齑粉。我哭，那么多生命罹难，烟火升腾的家成为废墟，美好的河山大面积崩塌，诸多的生命悲恸、哀号。观之听之，揪心不已，双眼刺疼。

顷刻间的生死离散，肉身乍然入骨的疼痛，生命的残缺和破裂，皆是人间大不幸。每天都眼泪滂沱，心里想的，就是如何帮助受难者，但自己又不是医生和专业救援人员，只能做点力所能及的事情。

此前，我听父母亲说过1966年邢台大地震：暴雨下了两个多月，连满是岩石的山都泡软了，村子四周有些悬崖塌了；以前板结的泥土软如烂泥，人站上去，眨眼工夫就被吞掉了。那时我尚在襁褓，懵懂于人世，没有关于当时的记忆。

细看整个人类文明史，几乎每一代人都有自己的苦难。比如，我们祖辈经历战争、饥荒，父辈经历地震、洪灾和饥馑等。2008年"5·12"汶川特大地震堪称21世纪第一个十年最大的自然灾难。面对同类死难的各种惨状，一个身无所长的人能做的，只是捐款、捐款再捐款。单位组织的时候捐，个人也捐。当时，大儿子锐锐六岁，从学校回来朝我要钱，还说只要那种红色的。我当然支持，还多给了他一百块钱。我以为，这星球上，人虽然很多，大部分互不认识，没有瓜葛，但一个人和一群人的生命始终有着内在而又紧密的联系。一个人，无论是谁，身在何处，有怎样的性情和生存状态，都无关紧要，重要的是，他（她）和我们是一个整体。

在巴丹吉林沙漠军营，捐款次数也较多，有同事罹患尿毒症、癌症及其他重病，或者家里遭了大难，就捐款，觉得应当。有些地方发生洪灾、地震、干旱，也要捐款。捐款乃是爱人及人，是一个人心有他人，怜悯生命的表现。

这是我平生第一次进入蜀地，但不是第一次接触蜀人。在巴丹吉林沙漠军营，也有很多四川籍同事，他们在正式场合满口普通话，虽然不标准，但也勉强听得懂；私下则川话满天飞。周末，老乡喜欢聚在一起吃喝，叽叽喳喳，声音洪亮，我觉得厌烦。幼年时，冀南一带私营煤矿、铁矿当中，有不少四川的工人。相对于南太行山区人生活节省和吃食简单，四川人的能吃善喝把很多老人吓得差点翻跟头，怒说："这些四川人，把挣的钱都吃了！"地区与气候的迥异，导致人群风习的差异。南太行山区人素来根性意识强烈，极少外出谋生，对他乡人的日常习惯，多的是"见怪而怪"，以自我之人生经验和价值取向衡量并发表个体意见。

四川打工者先后涌入，使得冀南平原和南太行山区也随之发生了一些"细水微澜"。据说，当年轰动一时的"人傻，钱多，速来"电报事件，就发生在我们河北沙河。21世纪初期，吾乡矿山资源尚未枯竭，挖山掏矿者众，次生职业也五花八门，俨然冀南平原一大社会景观。时隔多年，有些四川籍的年轻人，以某人继子的身份，留在南太行山区、冀南平原农村，有些川妹子，也以结婚等方式，与当地人发生各式各样的关联。

面见裘山山老师，她让我去采访在"5·12"汶川特大地震、舟曲特大泥石流和玉树地震等重大自然灾难的抢险救灾中表现优异的黑水民兵群体，就此写一篇报告文学。我知道，这也是对我写作能力的一次检验。对于写作，我一直称之为"写东西"，不是不尊重文章，而是觉得自己的写，不过一直在浅层次徘徊而已。如不能如司马迁"究天人之际，通古今之变，成一家之言"，那么，写作就是浅层次的。

司机小刘把我送到了映秀镇。愤怒的岷江涛声如雷，震得我差点失聪。宽阔的河道已经被泥沙和巨石塞满，洪水不止一次洗劫刚刚修建起来的映秀镇。那些样式新颖、观赏性和居住舒适性兼具的房屋尚无人住。站在浑浊大水自上游不断暴跳飞纵的岷江边，看到高山上多处涌出瀑布，通往汶川、茂县、马尔康等地的公路被切断，滑坡和泥石流之后，石头堆满宽阔的河道。救灾部队、志愿者，在映秀镇内外或清理淤泥、石头，或清理滑坡后的河道和道路。

可能是聚集了太多亡灵之故，虽然是酷暑八月，整个映秀镇内外却阴冷彻骨，似乎很多的亡灵在其中徘徊、低飞与痛哭。

死者和生者的距离，只是一具肉身，良知和灵魂才是其中的灵性部分。

见到黑水县武装部徐阳政委和唐永明部长，他们带我到映秀镇周边走了走。岷江之中，犹如小山一般的巨磐，拦截了上游冲下来的碎石、泥沙和漂木，严重威胁到了映秀镇的居民及镇上的供电、供水设备。无数的危石，分布于四周山坡上下，凶猛的姿势，随时准备向下俯冲。帐篷扎在新建的映秀镇对面的河坝上，洪水日夜轰响，摧枯拉朽，决绝得似乎在进行一次前仆后继、玉石俱焚的残酷战争。

采访中，我了解到，徐阳、唐永明，黑水县民兵瓦斯学、罗尔基、杨初、肖勇、罗希权、恩泽尔雅，中国人民解放军军事医学科学院张立军、贾雷丽博士，阿坝州公安局法医陈应全，四川省军区通信站王少华副连长，以及阿坝军分区独立营士官陈鹏等人，在地震中参与了对失事的邱光华机组人员的搜救。他们在赵公山上如同猿猴一般攀缘，风餐露宿，搜寻了二十多天，最终在绝地鬼见愁发现了邱光华等人分散各处的遗体。

黑水人个性强悍，男人都以战死沙场为荣，他们在"5·12"汶川特大地震、玉树"4·14"地震以及舟曲"8·7"特大泥石流等灾难的抢险救灾现场的表现，令我多次忍不住涕泪横流，不能自已。那篇3万多字的报告文学，很快在《西南军事文学》杂志发表。

与此同时，我调往原成都军区工作的事情也在进行当中。起初，我觉得可能性不大，却没想到，得益于裘山山老师，调动的事情很快就办妥了。到成都十多年后的一个冬日，我到黑水县去，抬眼所见，山川连绵纵横，狭隘逼仄，大部分用石头建起来的镇子凹凸在山坡或者沟壑之中，河水颜色发黑，流墨奔泻，松软草地上开着各色各样的野花。而最高处的达古冰川白雪堆积，光芒耀天，山脉层叠，仿佛屋景。《清史稿·地理志》中说此地"恶警阴森"，亲身到现场之后，方知并非虚言。

黑水乃至阿坝之地，陡山巉岩，石潭沼泽，尖峰荒岭，其中也多石头碉堡，为土司时期修建、用以自保的军事堡垒。乾隆年间，张广泗、讷亲、岳钟琪、阿桂、傅恒等人先后在此率军作战。想起当年在映秀镇对黑水民兵的采访经历，内心感到亲切。

赵公山乃是青城山的主峰，为烁罗鬼国所在地，常璩《华阳国志》称其为成都山，也叫大面山。王世贞《列仙全传》中说："赵公明为八部鬼帅，周行人间，暴杀万民，太上老君命张天师治之。"

2015年夏天某日，傍晚重雾缭绕，细雨犹如神仙发丝，淅淅沥沥，道路滑湿，泥泞坑洼。我登赵公山，结识道长张信元。问起2008年"5·12"汶川特大地震的情景，张道长说，彼时赵公山连日大雾，缭绕不去，对邱光华机组失事之事，他并不知情。我向他说起徐阳等人所述情况，他说，这山中危崖高冈众多，藤蔓密匝纠缠，在其中寻找残骸，无异登天。

那一次，在映秀镇，听徐阳、唐永明、恩泽尔雅、罗尔基等人详述阿坝州黑水民兵在"5·12"汶川特大地震、"4·14"玉树地震、"8·7"舟曲特大泥石流和岷江特大洪涝灾害等天灾中的种种惊险经历，好多次不由得当场落泪，热血上涌。其实，我也非常清楚，很多人对一些英模事迹有一种抵触情绪与不信任感，那是他们没有亲历与到过现场的缘故，在很多时候，我们应该相信每个人内心深处的良善，也要坚信人在某些特别时刻纯粹的良善表现及其行为的英勇与正义性。

巴丹吉林沙漠浩瀚无垠，荒凉戈壁与白色沙丘一如寂静汪洋，天高地阔，人和事物都暴露无遗，但也有诸多隐秘而有趣的活动，如蜥蜴在干旱之中辛勤觅食，四脚蛇于黄沙之中伺机而动，毒蜘蛛总是在干枯的树杈之间守株待"食"。

而成都给人的感觉总是欲遮还羞，欲羞还露。各色人群，服装正统或怪异，涂脂抹粉或素面行走，眉目之间的性情、职业、修养、趣味等若隐若现。街道密如蛛网，街边和小区内绿树和花草森然。所谓当代城市，除了建筑鳞次栉比，高低参差，更重要的是人的纷纭多样，各个不同。在街道上，此人和彼人，瞬间对视又瞬间消失，刹那间视线对撞，又被新面孔和姿势置换。这种丰富性，只有在城市，才能够直接地体验到。

而我竟然没有一点惊喜感觉。城市，如北京、上海，我也去过很多次，上学、各种培训和会议、每次回乡探亲等，都要去和停留，也算见识过现代城市的庞杂、繁华、斑斓。由此我以为，城市始终是一个松散的集合体，一种众人聚居，彼此间时常摩肩接踵却又相互陌生的地方，它有自己的一套运作规则，方式看起来明朗，事实上非常隐秘。

采访完毕，除了和战友聚会，大多数时间，一个人懵懵懂懂混迹于文殊院、人民中路与江汉路等地，看到的都是人，以及人进出的各种样式的楼宇，当然，也会看到外地游客，像我一样，举着脑袋，满目惊诧与新鲜。斯时，我住在江汉路武担山附近的一家宾馆，每次出入，都能看到一座微微隆起，长着许多黄桷树、榕树和各种花儿的小山包。战友说，这是成都的"泰姬陵"。扬雄《蜀王本纪》记载："武都丈夫化为女子，颜色美好，盖山之精也。蜀王娶以为妻，不习水土，疾病欲归，蜀王留之。无几物故，蜀王发卒之武都担土，于成都郭中葬之。盖地三亩，高七丈，号曰'武担'。以石作镜一枚，表其墓。"

这是蜀地仙道气息浓郁的一种反映，山精与鳖灵，都是动物，如此的故事固然有其蒙昧性，但也有浪漫与美好。成都乃至整个巴蜀，故事传说历来香艳，令人遐思不已，这和该地频出美女、才女有关。肉欲与爱情，烟火和梦想，甚至其中变异的那部分，也都是人之常情，无可厚非。

而我初到成都，首先想到的是刘备、关羽、张飞、赵云、诸葛亮、马超等人，当然还有王建、孟昶等，其中刘备、张飞、赵云等，算是我的河北老乡，他们对于成都的文化脉络，功不可没。从实而论，成都史上几个王朝中，刘备和诸葛亮的蜀汉王朝留下的文化烙印和影响无疑最深。这要归功于罗贯中的小说《三国演义》，文字为王的年代，一部通俗小说，使得一个国祚很短的历史瞬间成了一个地方深刻持久的文化标记。

数天后，我由成都到西安，再乘火车到酒泉。凌晨3点，祁连山下的酒泉站峭冷异常，没有风，能够明显感觉到雪在肌肤上融化的彻骨之冷。瑟缩之中，匆忙选了一家小旅馆，说是单间，其实是几张三合板或者五合板隔开的小房间。床上一片黄的，一片黑的，还有点点黄、黑、红的，脏得我只想扭头狂奔。可外面冷，到市区再找一家又觉得划不来。和衣躺下。俄顷，隔壁来人，一男一女。再俄顷，两人亲热，声音贴耳。毕。就要入睡，隔壁又来一对男女，俄顷，照旧。再看手机，已经是五点多了。辗转入睡，醒来，逃也似的直奔二十公里外的酒泉市区。

十月初，调令正式下达，去原成都军区报到之前，我重点收拾了自己多年的书籍，它们都是我从北京、上海、兰州、酒泉等地陆续背回来的。那些年，但凡到一个城市，我的第一个目的地就是大书店和有特色的主题书店。看到好书，直接买走，千里长途，哪怕背的全是书，也不觉麻烦和疲累。把几百本书一摞摞捆好，放在书房。那时候，我到最偏远单位工作的唯一好处是，分到了较大的公寓房，三室一厅，外加阳台。这也是一种福利。而所有的家什当中，书最重，也最值得带走。

翌日，由嘉峪关飞成都，出机场，暖风扑面。西北和西南截然不同，以至于十二月我还穿着衬衣。如此十多天，才真的感觉到一种类似抽筋剥皮的湿冷。在房间坐一会儿，冷意如刀，旋转切割全身，到外面溜达一会儿，却又热汗淋漓。

多年前，我就有了家室，长期的油盐酱醋、锅碗瓢盆，有时候也感觉束缚、不满与憋屈。这一次，因为调动，一个人先到成都上班。乍然的单身生活，使得我有一种逃脱的快感。家庭这个社会单元在如今的年代越来越面容模糊，充满了各种冲突与诘问。我也渐渐觉得，时代越发展，文明越发达，个人越孤寂，人和人之间的交流沟通越发困难。结婚，一个男人和一个女人，此前不认识，因为某种机缘乍然相爱，走到一起，组建家庭。这种司空见惯的人类生活方式，看起来平淡无奇、合情合理，细想起来却有些惊心动魄。所谓的家庭生活的核心是体谅、互助、合作与抚慰、理解和鼓舞，而我们这个年代，很多家庭都由女人主导。

很早就听说成都女人彪悍，男人大都炮耳朵（方言，意为怕老婆的人），起初我还存疑。一晚，在青羊区万福桥附近，听到一个女的在厉声呵斥一个男的，两只手掐着腰杆，满面愠怒，口鼻生焰，高声大气，如暴戾女皇。"格老子（骂人的话，表示不满、感叹等情绪）""瓜娃子（傻瓜）""仙人板板（借指祖先，骂人的话）"之类的方言，穿云裂石，在傍晚的府南河及其周边的楼壁上回荡不休。男的则抱头蹲在地上，呜呜啊啊大哭。再一次，在火车南站对面的奥特莱斯，一男的抱娃，一女的提着东西，旁边还有一个女的。提东西的女的边走边骂"瓜娃子""水打棒（溺毙者的尸体）""瘟丧（讨厌的人或动物）"等，男的脸色沉肃、愠怒不发，一手抱孩子，一手掏出手机，叫了一辆车，三人绝尘而去。恶毒语言肯定会对男人的自尊造成巨大损伤，成都当地人笑着说："习惯就好了。"我哑然失笑。

出大门，到文殊院，向北到万福桥，南至天府广场，我逐渐熟悉，若走得稍微远点，回来时只能打车。现代城市最大的特点就是具有雷同性、反复性，如我这般在沙漠地区待惯了的人，乍入其中，总会晕头转向。大街小巷之中，诸多的美女，或气势汹汹，或优雅娴静，或东倒西歪，或扭扭捏捏，或大大咧咧。成都的确出美女，来了去了，或者扎堆出现，一股香风飘荡。都市女性更在意将自身优势及时、恰切地展示，凸、翘、肥、瘦、大、小、多、少、高、矮、媚、淑、黑、白等，都拿捏到了极致。之前，我以为人只有演戏才化妆，可现在，化妆者比比皆是，有的轻一些，有的根本看不到本来面目，肤色都被化妆品掩盖了。

上网、读书、看碟片、睡懒觉、喝酒，总之，上班之外的生活乱七八糟，还有些绝不"慎独"的坚持甚至恶趣味。一个男人，突然没了家庭的约束，可以无忧无虑，把自己的日子过得凌乱、随心所欲，不用担心呵斥、不满，影响和破坏谁的情绪。这种自由，只有单身才可以获得。联想到许多"90后""00后"年轻人不愿结婚，甚至不想恋爱，"躺平""摆烂"，我个人完全理解和支持，但绝不同情。毕竟，人之所以为人，总要有承担、付出的。

万福桥、北大街、文殊院、青龙街、王家塘街一带的夜晚极其热闹，烟火腾腾，各种麻辣鲜香的小吃。但我不喜欢，这可能和我出生在南太行乡村有关，那里的人们最不好吃，也最讨厌各种吃。早晚小米粥就馒头、大饼，最多炒个土豆丝和白菜片，中午面条，再炒个番茄蛋或者猪肉大葱，就算最好的生活了。成都的吃，绝对会颠覆我老家人几百年来的想象力。甚至，有些老人看到年轻人大吃大喝要指指戳戳，怒骂败家子。

十六岁之前，我从来不吃肉，后来外出读书、参军，不得不吃。尽管如此，在巴丹吉林沙漠多年，也不怎么喜欢吃肉。有一个同事一次可以吃掉200多串烤羊肉，我惊诧莫名，难以理解。肉食于我而言，可有可无。我也觉得吃肉残忍，牛羊鸡鸭鱼，都是命，人杀了它们还要吃肉喝血，想想就很残忍。每次从各种烧烤摊路过，诸多男女大快朵颐，不亦乐乎，心里倒生出一些无奈来。

我幼年基本以面食为主，少年时候钟爱大米，一天不吃就觉得百无聊赖，生活少了滋味。年过四十，更加喜欢和倾向于粗纤维的食物，且越粗糙越好。仅此一点，我个人和成都这个地域就有了天然的隔阂。有几次，外地朋友来，多次一起吃饭，我发现很多女的特别钟情麻辣烫和火锅，而我觉得那肯定是垃圾食品。男的则喜欢各种肉食。饮食习惯中，透露出人的某种嗜血天性。女人的味觉和口感，以及对食物的要求，似乎也与男人完全不同，她们可能更喜欢滋味复杂的食物。男人则可能喜欢紧凑、结实，看起来鲜艳、味道平和的吃食。

坐在府南河边，闻着浓烈的鱼腥味和土腥味，看夏天的蝙蝠在蚊子如同大雨点密布一般的河面上空飞行，一物降一物的古老哲学，在这一时刻可谓展现得淋漓尽致。有些男女一前一后散步和快走，还有几个乞丐，长年躺在长椅上，褴褛的衣服和茫然的眼神，表达了他们对世界的放弃和对其他人的毫不在意。

单身久了，也觉得孤寂，但又无法与人倾诉。2012年秋天，溽热渐去，部分树叶发黄，大地正在更换衣装，我在府南河边，与一个远方来的朋友聊严重的心事。其中的一个核心是，很多东西并非我们看到的那副样子，每个人的内心戏份，远远超出日常表现。比如精神上的戕害，亲人的猝然离世，最信任的人的另一种面目和秘密，个人在诸多人当中的不同角色与处境，等等，人的内心之复杂、丰富。西蒙·娜薇依在《重负与神恩》中说："伤害别人的行为，是将自己内部的堕落转嫁给他人。也正因如此，似乎这么做便会得到救赎一般，人很容易转向这样的行为。""内部的堕落"是当代人的通病，也是大多数人的精神和灵魂状态。

那一天日光温和，即使坐在日光下，也不再有烧伤感。两个人，一边说话，一边看着岷江水流，街道上车辆奔行，草丛中有粲然或枯萎的花朵，空中鸣鸟忽起忽落。一个人只有沉静下来，才能拥有整个世界。

但我仍旧无法沉静，蓦然看到某个环卫工人，从侧面看，感觉像极了去世的父亲，心里一阵激动，瞬间又明白，那是他人。悲从中来，心如刀绞。有些夜晚，忽然想到父亲，忍不住失声痛哭。父亲是一堵精神高墙，他在，万事皆安。他轰然倒塌，世界残酷，总在杀戮、摧毁。母亲是春天，她在，周身发暖，万千世相当中，还有光亮与花朵。

我总是忍不住想，要是父亲还活着的话，我一定会把他带到成都，让他吃肉。他非常爱吃肉，但大多数时候吃不到。母亲的素食主义一方面使得她完成自己的理想，可另一方面则是对父亲的残忍。有一次，在高新区理想中心附近，秋雨深沉、冷厉，深秋的银杏树任由黄叶掉落，我在等车，忽然看到一个男的，瘦长脸、高颧骨、尖下巴，腰身佝偻，坐在风雨斜打的公交站牌下，一脸愁苦地看车来人往。那姿势和神情，与我父亲高度相像。我喊了一声爹，快步走过去，眼泪被猛烈而来的悲伤攻陷，到近前才发现，那是别人的父亲，我站着，怔怔地看着他，一时间忘了回身离开。他看了看我，眼里闪出一道光亮，很快又熄灭如浓夜。

我父亲只活了六十三岁。他生病和去世后的几年里，我的执念是，为什么其他人死了，报道铺天盖地，父亲也是一个人，他的生死怎么就激不起其他人的半点波澜呢？不是说人人平等、众生如我吗？要是父亲还活着，我请他来，父子两个自己买菜做饭，他想吃啥我给他做啥。带他去餐馆，让他挑着吃。他平生的爱好是抽烟，以前我不行，现在完全有能力让他抽好烟，至少是全村人几辈子都没抽过的那些所谓的好烟。没事时，我带着他去府南河边晒太阳，或者到文殊院、昭觉寺、青羊宫、武侯祠、宽窄巷子去转悠。尽管他不识字，可也知道"刘关张""借东风""长坂坡"等。

可父亲没了，我已经具备的经济能力和地利之便，他一点都享受不了了，世上再没有如此的愧疚与苦痛。这种"子欲养而亲不待"的遗憾和悲痛，使得我长时间沉郁、孤愤，胸腔时常鼓胀难忍，憋闷无名，吁叹自责。

作家同事王棵说，成都市三医院治疗胃病效果很好。我去开了几种西药，吃了四天，感觉舒适，还有一种身体复苏的快慰。药吃完了，就想再吃几天巩固效果。忽地想起，单位机关医院应当也有那些药物，便去。一女医生开了与三医院同名的西药，又加了其他几种中成药，并对我说这样效果会更好。

当晚，我一口气吃了七种药物，俄顷，身体发僵、眩晕、心悸、慌张，几欲昏厥，急忙至机关医院，还是那位女医生，测量血压、查血糖和甲状腺功能等，如常。可我眩晕、心悸如旧，又严重饥饿。狂奔出医院，买了一盒泡面，外加一瓶食醋。回到公寓，泡开，大量加醋，狼吞虎咽后，症状如故。我想，睡一觉可能就好了，躺在床上逼着自己睡，可越是想入睡越是清醒，辗转到午夜，才无意识睡去。

人在无知觉状态，一切不复存在，痛苦、美好也都无从察觉。次日一大早醒来，起初觉得一切如常，起身，到厕所，眩晕、心悸依旧，出门吃早餐的时候，蓦然发现，眼中的任何事物都恍如处在屏幕之中，眼前的世界似乎是一场大电影，模糊、清晰，又模糊再清晰，我使劲揉揉眼睛，再拍打脑袋，依然如旧。再去医院，陈述情况。医生说，即使吃错药，也会很快排出。

我无奈，继续无端眩晕和心悸。

傍晚至青龙街散步，忽然有濒死感，感觉自己会猝死，慌急之下，看到三医院的急诊，快步过去，挂号、就诊、检查，无异常。再出来，回公寓，忽然觉得呼吸困难，几欲昏厥，趴在床上，天旋地转。我想，这一次，我可能要死了。想翻身，无力，只能趴着。不知何时，入睡了。早上张开眼睛，看到日光，不由庆幸。查资料，居然没有发现误服药物更多的信息，但有小孩误服各种药物的急救措施。

这是生理灾难，更是精神重厄。愧疚于父亲，又遭药物强力摧毁。长时间视物模糊、眩晕、心悸，濒死感频繁而又强烈。到医院检查，无异常。如实陈述，医生依旧说，吃错药不要紧，次日或数日会排出。

至此，我对西医西药忽然有了恐惧感。转而问诊中医，效果不明显。由此也觉得，排斥西医和中医都是愚蠢、极端的。尊重两者，才是理性、积极的。自此之后，濒死感频繁发作，有时在上班，有时在街上溜达，再或者，一个人在屋里写东西，那种犹如死神抽取灵魂的濒死感，让我觉得自己真的要死了，内心的恐慌无以复加，不得不对自己说：杨献平，你不能死，你还有儿子，还有老娘。

抱着强烈的求生欲直奔急诊室，再检查，并无异常。直到2012年下半年，症状才有所减轻，但总是会被一种类似地震般的内部感觉惊醒，就像计算机断电又突然重启，也像身体内发生了一场海啸和高烈度地震。有天晚上，忽然四肢僵硬、头脑发木，几欲昏厥。到医院查血糖、血压、甲状腺等，仍无异常，再查心脏彩超、心电图，结果窦性心律。

肉身这个机器，看起来一般无二，而个体差异巨大。医生提供的药物和治疗方法，只是普遍有效，而非对每个人都有效。由此，我觉得中医根据不同地域和气候条件而采取的治疗方式，可能比西医科学。

梅洛·庞蒂在《知觉现象学》中说，人的身体是隐喻的，以"肉体"这一外在的现象及形态表达着心灵的内部世界。这个观点我深为赞同，也觉得，自身的疾病，更是"意念""情志"的结果。《黄帝内经·灵枢经·本藏》也说，"志意者，所以御精神，收魂魄，适寒温，和喜怒者也……志意和则精神专直，魂魄不散，悔怒不起，五藏不受邪矣"。

意念的力量，近年来越来越受重视，西方的研究也表明，意念之于人的身体疾病有着异乎寻常的作用。但"意念"一词大多数时候被视为宗教专用词，与唯物主义相悖。我个人的体会是，意念确实在相当程度上左右了身体状况。当我情绪低落，心存愧疚，来自身体的不适也如影随形，并且加重。当我暂时忘却，尤其是公众与工作场合，因为他事（个人形象、集体纪律、专注于要务）暂时忘记来自身体的困扰，身心则一如往常。

因此，意念确实具有一种隐秘的强悍的力量。《黄帝内经·素问·痹论》说，"阴气者，静则神藏，躁则消亡"。"静"即不被乱念打搅，"躁"即"邪念入侵"。这一感受，与梅洛·庞蒂《知觉现象学》中所说"世界的问题，可以从身体的问题开始"似乎有暗通之处。

人这一生所罹患的疾病大致都是自我意念积攒的结果，肉体这个机器，在很多时候是和灵魂配套的，同时又是分列的。我想到一种说法：不是肉体带给灵魂痛苦，而是肉体替灵魂经受了作为人的磨难与愉悦。这个说法或许有些玄学意味，但仔细想想，确乎如此。肉体是灵魂的现实呈现与表达，而灵魂则是隐形的，无从窥见的。《文心雕龙》说"幽赞神明"，其中的"幽"便是看不见却又存在和具备力量的，而"明"

则是显现的，有形的。

这实在是一个恰切的说法。

记得幼年时候，每到春天就下河玩水，母亲说："没到伏天就玩水，埋下了病根儿。病这个东西，只要有了，粘在身上撕不下来。别人替不了，自己难受吧！"在成都生病，我无数次想到她这句话，也第一次认识到，病这种东西，完全是个体的，即使同一种病，个体感受也大相径庭。身体不适，我多次向身边人陈述，但只得到一句话——"去医院检查"。

也就是说，吃错药之后的病痛与难受之体验，我无法征得任何人的"感同身受"。个体肉身的灾难难以复述，他人永远无从体会。所幸，一段时间以后，不适状态逐渐好转。

此时，我对成都，也渐渐有了一种恰到好处的融入感。尽管这种因工作调动而迁徙的现象于今比比皆是，但我仍觉得这是一座他人、外省的城市。我原籍河北沙河，倘若由巴丹吉林沙漠军营调到北京、邢台、邯郸、石家庄，甚至秦皇岛、唐山、天津等地，就可以"一点儿不把自己当作外人"。那都是北方城市，与我出生地的气候、文化、习俗等大同小异，可成都是四川、西南，更多的隔膜感来自其独特的地方文化传统和风俗习惯。

这种隔膜感细腻而又强大，逢年过节时候更加明显。为此，我对大儿子杨锐说：这是我们一家人的成都。意思是，在非我也非他出生地的城市，我们一家是外来者、旅居者与客居者，在血缘、文化、思维、风俗、习性上，有着天然的孤立感。我始终觉得，无论是谁，他的很多东西，携带了出生地的"密码"和特性。

与此同时，我也想到，相比在地震中罹难与伤残的人们，我所罹患的疾病，根本不值一提。不是侥幸逃过即不应经受，不是不在现场就可熟视无睹。体验病痛也是赎罪方式，更可以增加同理心、同情心。亚当·斯密在《道德情操论》中说，"我们常为他人的悲哀而感伤，这是显而易见的事实，不需要用什么实例来证明"。《孟子》也说"恻隐之心，仁之端也"。尽管灾难、创伤、悲怆无人理解，无法共情，但每个人一定要具备与"他人同感同理"的情感能力。其中包含了一种觉悟，即一个人不但不应当是单独的个体，更应力所能及地关照他人甚至众生。

儿子杨锐融入成都的过程不着痕迹，自然而然，这是年少的优势。他天生的适应能力远超于我。在学校，与同学老师很快熟悉；在军区大院，也有了几个玩伴。而我还是有一种无端的漂泊感，这种感觉犹如锐利的钢钉，钻入并刺疼我的内心。有一年暑假，我带他回老家，偏远的北方乡村，条件虽然简陋，但我无任何隔膜感与孤立感。山水草木，昂昂蝉鸣，绿色侵占高山沟谷，除了人们先后去世，一切熟稔，身心之中始终缭绕着一种舒适的吻合感，无法言说又确实存在。

而在成都，我四顾茫然，尽管这天府之土，富丽妖娆、幽秘深藏，文化、自然、地理令人耳目一新，浏览不尽，即便成都市区之内，时时处处可以移步换景，目之所及，处处花果摇曳。

城市既是收纳，也是圈定。时间久了，就想四处走走，比如张道陵的五斗米道发源地鹤鸣山、虞允文的仁寿、"三苏"的眉山、《桃花源记》武陵山、蒙哥的钓鱼城、泸州余玠与冉氏兄弟的神臂城、自贡燊海井等，当然还有三星堆、金沙遗址等。成都周边乃至整个西南地区，有我个人最喜欢的仙道气息与诗歌境界，比如江油的李白、阴平古道的邓艾与草堂的杜甫、南充的司马相如，等等。

大地上的人群，本就是不断挪移的，尤其城市这种大容量的人口载体中的人。有一年春天去雅安蒙顶山、碧峰峡、二郎山，方才体验到了蜀地自然之妖娆、物种之丰富、民俗民风之独特。去三星堆和金沙遗址，也觉得，纵目人面具、青铜神树等文物揭示的，定然是一种早期的、高等的文明，至今没有发现相关文字，也正是其高明之处，即器物及其制造技术，正是前人引诱后人持续探寻、研究和解读"悬念"所在。在三星堆和金沙遗址，只觉时光缥缈如微尘荡游寰宇。

任何事物都有局限性。科学技术越发达，社会机制越完备，人类的局限性就越大，离心力也越大。这是一个悖论。

地域气候乃至一方民俗，对外来者潜移默化的影响力堪称神力。在成都习惯了喝茶，回到北方，首先找的是茶馆，一旦没茶叶心便发慌。冬天晒太阳，犹如身体和精神上的沐浴。行为变慢，思维趋于轻盈。习惯麻辣辛香之滋味，向往寻幽访古之行为，如彭祖、严君平、张天师、赵公明、袁天罡、袁焕仙等，他们仙气飘飘，禅意深深。李白、陈子昂、杜甫、薛涛等人，也都有过寻仙问道经历，也觉得，蜀地正是神仙聚集之地。几次去青羊宫，坐在树荫下，想象腋下降生的老子与函谷关关令尹喜的关系，还有那头神秘的青牛，庄子的鲲鹏与蝴蝶。

在君平街，想象自己幸遇严师，恭敬请教，知晓前生来世。人生之乐，莫过于此。于都江堰拜谒李冰父子，人之为人，以智慧与善心，利于众生，不枉一世。如此一番游历，更觉得成都及其周边乃至整个四川充满了无数的历史秘密与人神传奇。

有一次去平武，沿途高山峡谷，流水撞崖，荆棘、花草在陡峭山坡上向村庄摇头晃脑，只是，地震残迹尚存，叫人心生悲怆；白马藏族之歌舞与其源流之谜，体现的是人类记忆不自觉的空白，以及历史的残缺与无力。

当然还有甘孜、色达，我先后去过多次，每一次都晕乎乎的——高海拔对每一个低地之人都是一种考验。眼睛所见，雪山流云，沟谷奇伟，大河雄浑，落日辉煌。可回到成都，瞬间就被浓郁的烟火气和脂粉气包裹了，而且越来越细致紧密，有一种丝丝入扣的感觉。至此，我也感觉到自己正在蜕变，多年的沙漠生活使得我特别向往考古、英雄主义与决绝勇士之境界，而成都，一再令我心生闲适与飘逸之思。很多时候，我还开心地对自己说，在西北渴望长河落日之下的走马天涯与横槊赋诗，在蜀地则梦想逍遥神仙和爱人济世，这也是一种不错的人生际遇。

如此几年，成都，初来欣然、茫然，居久黯然也安然，一个人于一座城市之中的遭逢、经受，突兀、神奇、怆然，却又极为正常，老子说"天道无常"，诚哉斯言。2015年秋天，家庭发生变故。对于离婚，此前从没想过，压根儿也不愿意。想着，人到中年，最好的事情莫过于一家人和睦、和谐，也莫过于安于自身及身外的一切，在俗世之中一如既往地生活。前妻提出离婚之初，我恼怒、愤怒、郁闷、悲伤，以至于消失几年了的吃错药的感觉猛然复现，一时间，头晕目眩、四肢发软，开始暴饮暴食，濒死感频繁又强烈。

这样的状态下，我无数次想到自己要死了，而且死得极其猝然。在大街上，或者睡梦中，在飞机上，也可能在高铁上。为此，我很长一段时间不敢乘坐地铁去上班，来回打车，一年下来，仅打车费用就有三万多。有一次回老家，突然濒死感袭来，全身瘫软，走不动路，只好叫来弟弟，让他陪着我住院，但又叮嘱他不要告知母亲。我不想母亲担忧，母亲老了，怎么能让她担惊受怕？我想我一定会挺过去的，为了儿子，为了母亲。我想，尽了孝、尽到了责任，那么，生死都无所谓了。我不能就这样完蛋，必须履行为人子人父的义务。

为了治好病，我整天奔波于华西医院、西部战区总医院、省肿瘤医院、成都市第三人民医院、成都中医药大学附属医院，还远赴山西数次。所幸，我听从了诗人吕历劝告，到华西医院住院，一番检查之后，确诊为抑郁症，服用药物后，症状稍微减轻。直到2018年春节，回老家过年，我才把前妻和我离婚、自己生病的事情告诉母亲。母亲心疼地责怪说："咋不给俺说一下，这些年你咋过来的啊？"我说："娘，人活一辈子，该来的来，该去的去，谁知道会和谁在啥时候分别，又在啥时候和其他人走到一起。"

母亲说："也是的，人活的就是一个无常。"

"无常"，我觉得这才是生命乃至一切的根本规律和表现，一切都不确定，一切都在变化之中，这才是万物的本质。只是，在承受疾病与精神痛苦的时候，我总是有些想不通，心情愤愤然。但当时过境迁，回头观望的时候，却觉得虚妄，之前的逼仄、抱怨、困惑、屈辱、仇恨等情绪也逐渐消隐了，人也变得阳光、淡定和宽敞了起来，感觉犹如新生。宽恕、和解、放下，应当是一生的功课。

2019年，我再次恋爱，结婚，不久又有了一个儿子，我给他取名杨芮灼。居于外省的成都，与新的一个人重归庸常的生活，一切按部就班，既往的人生忽然黯淡，好像一场梦，似乎原本就没发生过一样。这种感觉甚是奇怪，有了新的家庭与人生道路，内心也跟着渐渐舒畅、安定了下来。于个人而言，在大地上生活，再没有什么比安心、安定更美好的了。这大概就是所谓的人的归属感。安于一种自然、人文环境，安于家庭生活，并一心一意地为之产生源于内心的爱，为之付出，似乎正是人之为人形而上的意义，以及个人生命和精神最饱满和充盈的一种状态吧。

最初的成都——
两句诗和
个人内心生活

　　"天空中有历史的阴霾，阴霾的缝隙风穿光阴。"常年与文字打交道的人，总会在某些时候，闪电般地被某些语言击中，犹如天启。然而，这句话出现已经五年了，若不是当时写了日记，恐怕早就成为记忆中的尘埃了。那是2013年春节后，成都的海棠、芙蓉、玉兰及黄决明、芍药、蜀葵等次第开放，阳光乍然而出，全城出动，人们在各个地方接受它的照耀。

　　在长期阴冷的冬季，晒太阳仿佛成都人盛大的活动（所谓"蜀犬吠日"）。但当艳阳朗照，次日必定下雨。有时阴雨连绵，数日不停。那时，我刚来成都不久，这盆地的怪异天气显然迥异于我生活了十八年的巴丹吉林沙漠。一边是无可救药的晴朗与风暴，一边是阴晴不定。

　　匮乏是因为生命的渴望，热爱的也必定有人厌弃。在成都最初几年，每逢下雨，不论大小，我都愿意在其中淋着，哪怕全身湿透。春天，往往走在路上时忽然下起雨，行人尖叫，用包或手挡在头上，跑到各种建筑物下躲避。我则不然，总还像没事儿人一样信步而走。雨滴犹如黄豆或者沙砾，落在身上，像是突然传来一阵锣鼓声。

有几次，淋成落汤鸡，衣服贴在身上，头上的水流下，将肉身和地面紧密联系在一起。我想，沙漠地区倘若有如此多的雨水该多好，无论多大，我都舍不得打伞，而是在其中慢慢地走。雨对于荒芜的沙漠来说，是真正的唤醒。近年来，我观察和体验到的一个现象是，河西走廊及附近地区的雨水在逐年增多。我1992年到那里服役，一直到2005年左右，巴丹吉林沙漠下雨和下雪非常少，一年内能有持续二十分钟的大雨，或者超过半天的小雨以及大雪，就是特别的恩遇了。从前，一进入河西走廊和巴丹吉林沙漠，鼻孔内都是干燥的气息，时不时流下鼻血，但现在，却能够嗅到一种陌生的温润气息了。

关于气候变迁，以及气候创造历史，许靖华在《气候创造历史》中作了通俗的解释："人类尚未开始燃烧化石燃料时，地球上就已经出现过气候变迁，而且气候创造历史。"该书还说，发生于史前时期的匈奴及其敌人月氏的西迁，其实并不是战争和资源匮乏等造成的，而是地球每隔六百年一次的大气候变迁的结果。

成都早先为百濮地，《太平寰宇记》中说："以周太王从梁山止岐山，一年成邑，二年成都，因名之成都。"这也从侧面反映出成都自古就是宜居之地。人们在选择定居地方面似乎都有着异乎寻常的敏锐和恰合天道、自然的能力。尽管历史上曾多次发生大规模的战争以至于人口减少，不期然的自然灾害使得它满目疮痍，但很快，这片土地便会再生，速度也是相当惊人。尤其是蜀郡太守李冰父子"凿离堆，避沫水之害，穿二江成都中"之后，四川盆地便摆脱了泽地的命运，而成"锦绣之都""天府之国"。

来成都之前，我一次都没有到过蜀地。之所以来，完全是因为天府之国的名号，以及众口交赞的"宜居城市"，还有为儿子读书打算的原因。从无边的旷极辽远急剧转换为人海汪洋、车马喧闹，荒凉的瀚海一下子转换为高楼大厦、五彩街区。

四十岁后，人生很多事情已经明朗化和固定化，最操心的事情，就是子女教育。中国人在子女身上投入的情感、精力、物质、心力、期望等，恐是最为深沉、深刻和长久的。溺爱孩子，这个现象确实存在。从有人类起，人类对自己后代的爱就是惊天地泣鬼神的，也是绵延不绝、代代传承的。

人的命运始终与自然紧密相连，有什么样的自然，就有什么样的人和其他物种。只不过，人习惯了用自己的心态和眼光去审视周边的一切，以至于人的主观性不断地僭越宇宙规律，盲目自傲与自封。

起初我在成都一脸茫然，在街道上溜达，一会儿就不知道方向了。走出单位几公里，就忘了怎么走回来，只好打车。再后来，就在文殊院内转悠，傍晚听僧侣们的诵经声，再到后面树林里溜达，坐在放生池边，看乌龟、蟾蜍、鱼儿们安静地潜伏或游荡。每到夏天，文殊院后面的林子里就有很多乘凉的人，有老人，也有年轻人。无论天气怎么暴热，一进寺庙，尤其是供奉神仙和佛祖的殿内，一下子就清凉很多。有几次，天气热得人"外焦里嫩"，汗如溪水，一到文殊院的藏经阁或佛殿内，立马就有一股清风拂面而来，令人通体舒泰，心神渐宁。

人心需要安静，尤其是置身于都市之中，一个人最大的能力不是适应这喧哗的环境，而是从这种既定的环境中把自己有效地剥离出来，专心去做自己的事情，然后再返身，且不觉得各种不适。闲暇时候，我去府南河边喝茶。府南河也叫锦江，在成都，是一道玉带般的风景。

府南河边的茶水还算便宜。去年，我常一个人在河边坐。恰到吃饭时候，就要一个或者两个菜，然后，面对着水腥味浓郁的河水细嚼慢咽。河里腥味扑面而来，想来也有不少的鱼。2014年夏天的一个傍晚，我心情极度沉闷。原因是，此前夜里睡梦中的一个电话让我心神不宁，觉得可怕。那一天，一个人在府南河边，忽然想死，想从河边跳下去……我想到了儿子和母亲，想到了母亲和弟弟在农村的生活……每个人都不容易，在农村尤其如此。

人生有太多的舍不得，其实不是羁绊，而是一种情义、责任和义务。爱一个人的最好方式，不是舍弃，而是陪伴；爱一个家，不是从中离开，而是与它更紧密。我又是长子，父亲又早早没了，母亲也进入了老年，儿子尚还年幼。怎么可以呢？很多时候，我们只能自己为自己开脱，用一些看起来冠冕堂皇的理由来坚定自己的信心，无论是活着，还是面对困难和无常。好在，事情得到了解决，尽管没有任何说法，但我也想到，每一个人，在人生的每个时期，都会发生心情、爱好转换和命运改变的事情。这是人生，也是规律。

有几次，在府河边上的大安西路、万福桥，我反复走，看那些店铺和里面的男男女女，尤其是理发店、按摩店、苍蝇馆子、卖日用品的商场，小贩、贵妇、乞丐、流浪者、理发店里的妖艳小妹、按摩店的女技师等。久而久之，我发现，乞丐是抽烟的，而且香烟价位不低。整个夏天露着肚皮的小贩，也有极为深刻的人生经验总结，以及对当代社会的透彻理解。

文殊院规模不大，但很有滋味。在它的红墙之外，汹涌着三教九流。在龙抄手门店外面，常年有算命先生，给人打卦或者说八字。我几次路过，有年长的妇女上前来说"你这个人好福气，心软，是个好人""你后背或者腹部有个痣"，如此等等。

人都喜欢听好话。有几次，我怀着好奇心，先后打问。算命先生说了几句，离题八万里。我付了二十块钱，转身离去。还有一次，一个眼睛好好的中年男子喊住我，说给我看相。我正好没事，迎上去。他看着我的脸说了几句。我说："师傅，如果不嫌弃，我给您看看面相如何？"他说："你怎么会？"我说："前几年看过几本书。"他连忙摆摆手，示意我离开。我笑，问他说："师傅，为什么只说些好的呢？"他尴尬地笑，戴上墨镜，说："唉，这不，人都喜欢听好听的。要不然，哪个愿意从兜兜里掏钱给你？"

文殊院由隋代杨秀修建，几经废弃，信众和僧侣也多。起初，每次去，我只是参观，散步。心情郁闷的时候，去听僧侣们的晚课。在集体诵唱的经文声中，感受玄妙的力量。更多的时间去一边的盐茶道喝茶。那是一座临街的茶楼，有一段时间，不论是朋友来还是一个人，我都喜欢去那里坐坐。茶楼里的茶叶大都一般般，去喝茶，不过是借一杯茶独坐或者与朋友聊天而已。

再后来，盐茶道易主，一位诗人的朋友承包了。有时候觉得不舒服，就另找了一家茶店，名字叫山子茶坊。那里一般人多，每次去，我就要一杯茶，自己慢慢喝。其中有不少以给人掏耳朵为生的男女，一会儿来了，一会儿去了。掏耳朵倒是很舒服，成都人发明这个活儿，与其休闲的本性倒是匹配。

山子茶坊的陈设颇为雅致，其中有淡淡的香味，有茶叶的，也有檀香的。茶向来和禅密不可分，也有文殊院的僧人去喝茶。我有一次突发奇想，请教了一位师父几个问题，如佛教基本常识、禁忌等。师父也回答得颇为巧妙，还说我是与佛家有缘的人。我笑笑，觉得自己不会，不料，几年后，却真的对佛教有了一种敬仰的情绪。我觉得，宗教之所以能够流传，那么多人笃信，肯定是能够深入人心的。

成都的冬天阴冷，天空一张灰白的面孔，阴沉晦暗得像世界末日。长时间在这样的天空下，不够强大的人，容易得抑郁症。一旦太阳出来，我就坐不住了，赶紧奔出去，找一个地方坐下，沐浴久违了的阳光。每当此时，我就想找一把躺椅，躺在上面，一边放着茶水，一边是长年发青的玉兰树或者榕树，读一本书，然后想想心事。无论身边怎么样人来人往，都可不闻不问。

要是遇到淅沥的小雨，可以坐在屋檐下，泡一杯清茶，看着雨从天空落下来，在门槛下汇集，再流动，至无踪。就会觉得，这样的时光安静得只有自己一个人了，一切的俗事与梦想，都淡若云烟，根本不用在意。可人毕竟是不自由的，也必须在尘世中做各种各样的努力，经历各种各样的磨难。这样的消闲时刻，其实也是一种自我消费。伟大的古人将流动的水称为逝水、逝川，对过去的人、事、物，视为故人、故交、故知、故友、故物等。故，就是消失了的，过去了的，虽然还被保存，但只能说是时间中的漏网之鱼、侥幸的逃脱者。人也和流动之水一般，无时不在消失，只是人很忌讳，便以"故"字代替。

因此，"时间中有我们不知道的声色"这句话倒是有趣。因为，时间虽然冰冷，但也有着无数肉身和灵魂，以及人的体温和呼吸。

有几次和朋友在文殊坊喝茶喝到很晚。这时候的文殊坊，行人基本无，灯光还是一大片，风爽得像在给人洗澡。一个人在那儿走，就觉得生活在另一个时代。人所在的场域及情境对人的影响是无比强大的。一个人在里面走，要是不急着回去睡觉，完全可以各个巷道都转一遍。商铺的门锁得比往事还具有沉默的味道。可以明显觉得风从皮肤上小舌头一样划过，而且不是一枚，而是一大群和一大堆，群起而攻之，即便是身披盔甲的人，也会被软化。要是两个人，可以慢慢走，不用东张西望，不用说话，脚步擦着地面，有一种响彻四周的嘹亮。只是，文殊院的红墙根下，总是有人在烧香烛纸钱。

有天午睡做梦，梦见一座大庄园，园子里种着常绿阔叶树，其间夹杂着几枝黄花，好像是向日葵或者黄决明，很小。在梦中，我明确知道一些即将发生或者已经发生的事情。最奇怪的是那个大门，是铁做的，外面是土石路，两边有很多的绿草，后来又多了一种形似某种武器的大家伙，与门同为橙红色。

醒来，回想了一下，觉得没有阐释的必要。每一个夜晚，都是人丢失和找回自己的玄妙时间。上班，看了会儿小说，午睡，再如此这般，一天就快过去了。一天，好像是生命中的标点符号，有时候是逗号，有时候是感叹号，有时候则是省略号。

本想再去府南河边坐坐，至夜间返回，洗澡休息。没想到下雨，出了大门，没有别的地方吃饭。很多人说成都的小吃好吃，我一点不感兴趣。曾经多次批评川菜放的调料多，尤其是味精，有时候一道菜就放了一汤匙的量，白色的那种。有一段时间，一个人去吃东北菜，觉得很对胃口，但其中两道菜——干煸苦瓜和猪肉炖粉条味道不好，土鸡炖蘑菇还比较有味道。

又去府南河边上的那家东北饺子馆。刚坐下点好，有两个女子进来，坐在我对面，从装束看，似乎来自农村，她们也吃东北饺子。我在小碟子里加了蒜泥，又倒了醋。其中一个女的对我说："北方人喜欢吃蒜，是不？"我说是。她说："就像我们四川人喜欢吃海椒一样。"我笑说："你们四川的辣椒不怎么辣。"她说也是的，又说北方人一天三顿吃面，才长得结实和高。我说也不尽然，北方产面，当然吃面，四川产米，当然吃米，没什么的。她们说也是。我吃完饭结账，和她们告辞。

出门一看，雨竟然停了，就又转到府南河边，坐下来，看着黑夜从河面上升起，两边灯光纷纷跳河。一个人喝茶，刷微博，有时候也回复几句。这样的时光，也非常安闲，好像什么事情都和自己无关一样。府南河水兀自流淌，衔草带泥，滚滚向前。这不舍昼夜的流逝，具有丰富的哲学意味。坐久了，起身沿着河岸走，遇到老头老太太，还有并肩快步的年轻夫妻，躺在长墩子上的乞丐，以及和我一般坐在河边喝茶的男男女女；燕子在空中飞，其中还有些蝙蝠，两岸的灯光在河中倒映人间。

有段时间，我对老人格外感兴趣，他们相携散步，慈祥而忧戚，虽然不会表现出多么恩爱，但那种相互搀扶的踉跄，脸上和身上的岁月沧桑，令我感喟。每一个人的宿命都是如此，就像河道中的水，奔流而去。偶尔见到身体不好的老人，在河边轮椅上坐着的样子，我会没来由地心疼。

有那么一些时候，我特别渴望自己快速老去，像那些老人，一下子就进入暮年。一切过往都是浮云，到那时还存于心的，才是真的拥有过的、感动过的，和真爱的。我们在这世上，很多东西都如尘土，轻薄无序而又不可真正触及。我也时常思考肉体的意义，这庸俗的高贵，拙劣的奇迹，干净的污浊，灵魂的容器，万般世事的收藏器皿和传感器，充满了各种各样的悖论、真理、荒谬与诡异。

肉身才真正是人生要义所在，其他无论如何堂皇，也都是不可靠的。我想起自己年少时候，老是把一切看得很美，神圣洁白得无可匹敌。现在却发现，人生原本就是浑浊的、仓促的、有毒的和有罪的，每一个人都是如此。只是，在很多时候，这种深浊反而成了快乐的根源。就像我多年前在西北觉悟的那样：庸俗令人极乐，高尚使人痛苦。

忽然想起多年前的一位朋友，她信佛多年，现在仍单身。有一次，我打电话问了她许多问题。她说，一切业障皆为与生俱来，修行者要做的，就是在经历之后，尽力减少那些不洁净甚至污浊的东西，世间一切原本无色无相无味，人之所为，不过是不断地用物质困住肉体和精神而已。还有一些修行者，注重了形式，而忽略了本质，注重了行为，而忽略了内在。

少小时候，我即对佛家充满了敬仰，每次见到袈裟与道袍都肃然动容，同时还有一种敬畏。

成都其实是悟道的好地方——地处盆地，潮湿阴霾，又是膏腴之地，让人不用担心生计上的困顿，可以专心致志、清静无为。然而，在当下，好像也不大合宜。大街上，满是美腿"胸器"，不由得让人心生邪念，做非分之想。倒是夜晚的府南河边有一些安静的气息，没有那么多的美艳女子。旁边的小广场上，有一些上了年纪的女人跳舞。其中有一个，身姿尤其曼妙，我几次路过时，停下来，忍不住多看了一眼。她那种舞姿，简直是天才之为，其他人，则显得笨拙与拘谨。一个心灵自由，或者心中有精神向度与文化质感的人，她的舞姿也是充满趣味的，而且能将身体发挥到一个令人惊叹的境界。

通常，在河边坐着，什么都不想做，旁边的人在抽烟喝酒，甚至高谈阔论，我充耳不闻，看看河水，再看看对岸。心想，有些事情是太远了，近在身边也触摸不到，有些人却始终清晰，如在眼前。

离开河岸的时候，夜色笼罩，街上还是行人北来南往。成都之夜，无数的灯光之间藏着无数的面孔，喧闹之中，许多的寂静在黑暗处睡眼惺忪，一个人在其中，脚步再响，其他的人，也不会听到他行走的声音。

单身成都生活

手机号引出的故事

调到成都工作之后的一年半时间，我一个人生活。家属还在老单位，还在西北的巴丹吉林沙漠。

几个月前，调往成都工作的事基本确定后，一直在成都工作的同学欧晓东预先给我办了一个手机号。

到成都上班。

某日中午，我正睡得迷迷糊糊。电话响，接起，一女的说："你在哪儿？"我还没说，她又说："我在家。我老公出差了。我一个人。你过来还是我过去？"

我正要回答，她又说："算了，我过去吧！"说完就挂断了。我纳闷，想她一定不会再打过来了。

半个小时后，她又打来，说："你在哪儿？我在路口，你过来接我啊！"

我急忙说："你打错喽！"

对方一句话没说，嘟一声挂断了。

忍不住浮想许多。

再后来，搞股票资讯的、卖房子的、投资理财的、通信业务往来的，每天都要打上一堆，有成都本地的，也有上海、长沙、广州的，轮番不休，或男或女，客气的不客气的、口吻熟悉和半生不熟的、试探性的、颐指气使的、略带哀求的……不一而足。短信更是纷至沓来，开假发票的，做窃听卡的，卖房子的，提供劳务的，放高利贷的，还有招小姐的，等等，五花八门。

从大量来电当中，我大致知道了这个号码前主人的工作单位、职务等。

但觉得，不能够透露出去。

当下，尽管每个人防范严密，很多东西也还是藏不住。前几年看电影《手机》，就和葛优同志有同感。通信的方便，其实对人的隐私而言是最大的杀手。

我常常想象古人的生活，交通不便，去一趟西域要数年，走一趟巴蜀要半年之久，难怪进京赶考、异地相会、外出经商时候会有那么多的故事可资谈论、流传和书写呢。要是在外地有个红颜知己的话，估计一辈子也难以见到几次。

古人的感情相对牢固。距离远了，见面少了，摩擦也就少了。一次留下好印象，就会留存一辈子。现在呢，交通自不必说，通信更是发达，4G后，视频通话已很普遍，再加上GPS定位和各种即时通信软件，你在何处、做什么、和谁一起，对方都可以随时知晓。

街上的心绪

有一个傍晚，我到春熙路的同仁堂取药，沿途戴耳机，听阿尔贝·加缪的《鼠疫》，甩着手，大步流星走，周边的人和车辆形同乌有。

多年前，在老家的城市邢台，我这个还没长胡子的农村人，穷人子弟，充满了对城市的向往。总想自己也能像那些城市人一样混迹在各个街道和人群中，并且是以主人和拥有者的名义。

那种向往和渴望，简直像毒药，日夜咬噬着自己。

多年后进城，起初也是惶恐的。有一年回家，在火车站一个小卖店买卫生纸，挑了半天，觉得一种特别厚的可能比较实惠。在火车上，要上厕所，就从包里翻出来，准备用，还没抬脸，就感觉到了一大串钢针一样的眼神。还有一次，去某机关办事，竟不知道如何乘电梯，还是跟着一个熟人，他带着我上到十五楼的。

更可笑的，对宾馆的门锁老是弄不清，电磁感应的，时常拿钥匙去捅。有几次，还问总台的小姐要钥匙。遭受鄙夷是肯定的，好像是农村娃进城必须的精神和尊严洗礼。

多年后的现在，我走在一座省会城市的大街上，虽然不是土著，但也心安。这种心安来自很多支撑，其中有很多人的帮助。

人之群居，是一种趋同心理，如古斯塔夫·勒庞在《乌合之众》中所表述的那样，人一旦进入一个群体，便会不自觉地产生趋同愿望，并且要不计任何方式地融入，甚至甘受任何奴役。这种群体性的行为，我也正在进行。

但这也是一种幸运，城市是人类文明最集中的演进地与扩散地，尽管文明也有为人套上各种枷锁的嫌疑。

人从来不可以孤立存在，哪怕是一群人，也必须依附于某个更强大和拥有更多资源的群体，这样才能使自己内心安稳，才能有一种生命灿烂的美好与安适感。对我而言，相比老家城市的脏乱差，这里已经是很不错的了，环顾我能到的地方，成都的优势显而易见。

父子之间

儿子发短信说："老爸，你在干吗呢？"

我说："宝贝，我逛街呢！"

儿子回信"哦"了一下。小子发短信比我快。以前，问我一些问题，我刚发去，他就回短信说："下一个。"

我说："稍等啊少爷！"

他回短信说："好。"

我又好气又好笑，索性打电话过去。

儿子说："爸爸，你在干吗呢？"

我说："我在街上啊！"

儿子说："我可想去成都了。下次再去，你一定要带我再去文殊院和杜甫草堂，那里的金鱼特别好，我喜欢。"

我说："你来了，想去哪儿我就带着你去哪儿。"

儿子说："好。"

我还想说话，儿子却说："老爸我不跟你说了啊，我要做作业。"

我说："好吧儿子，老爸想你啊。"

挂断后，儿子又来一条短信说："老爸，我很想你！"

这是我最为感动的。

人说父子多年成兄弟，我也一直觉得，和儿子似乎是兄弟关系了。他有时候也很气人。2011年暑假，儿子来成都。有一天，前妻和朋友去逛商场，我和儿子在家。儿子一口气玩了几个小时的游戏，我说"好了"，儿子不情愿地离开电脑。我让他换衣服出去吃饭，他不去。我说"不吃不饿吗？"他说不饿。

我说："你不饿，我饿。"

儿子说："你饿，你去吃。我反正不去。"

说完，他就下楼去了。

我尾随出去，看到他坐在秋千上荡来荡去，似乎没事。过了一会儿，他回来，还是不去吃饭，我有些生气，再让他一起出去吃饭，他越发不去。

我生气，挥手要打他。登时，他自己打自己脸颊一下（这一点像我）。气得我没招了，抢起巴掌，在他屁股上打了一顿。我的手掌都又红又痛了，两个人都气呼呼的，他哭了一会儿。

过了一会儿，我忘了此事，说："儿子，我带你去德克士吧。"

儿子也忘了，说："老爸，咱们去吧。"

父子两个，手牵手，走在街上，那种美好，无与伦比。

记梦

六月底，成都溽热开始。

傍晚，那种人如同被熏蒸的热愈加浓郁，趴在床上，不知不觉睡着了。醒来九点多，感觉凉爽了一些。在网上溜达了一会儿，觉得晕，浑身软，像稀米汤。再睡觉，睡不着，热，如浑身包了一条热气腾腾的毛巾。

冲澡，想趁着那凉爽轻松入眠。

可凉意没持续几分钟，又开始热。

开窗看了半天已经熄灯的人家窗户，继续睡。热，复起，还是睡不着。

迷糊之际，忽然觉得整个身体突然下倾，具体情况是：裸身平躺，入睡，忽然间，双人床头部一侧下陷，是被一个人抱着一起朝下，头部朝下，随后是整个身体。感觉床板中间一块倒翘起来，把我往一个坑里栽。我挣扎，复又弹起。我想这可能是梦魇，不会是真的，心里还想，要是有其他的话，肯定是两个人的身体，下意识摸了摸背后，却有四条臂膀。复又下陷，比第一次更快，似乎还有类似女人的怪笑。

我心里想完了完了，这下真的完了！忽然想起六字真言，默念了一声，没有作用。后呼叫"天啦，救救我！"，这才幡然醒来。

这时候是凌晨1点56分，奇怪的是，身上也没有汗水，屋里屋外一片静谧，偶尔的车声从街上传来。我坐在床上，摸出一根香烟，点火，吸着，又去拉开窗帘，正好有晚归的车辆，还有不认识的一男一女穿拖鞋走路的声音。

不一会儿，旁边的某个窗户亮起，再黑下。

我不敢再睡，想就这样耗一夜，可又觉得，明天还有事，还是休息好才可以。

我对自己说："你怕啥呢？怕啥呢？你不做亏心事儿，怕什么呢？"

突然想起《白鹿原》中鹿三被小娥鬼魂附身，白嘉轩大声斥责那一章节。心里也对自己说："活人还怕死人？"

但还是害怕，想给老婆打电话，还特别想哭，眼泪蓄积在眼眶里面。后又想，她肯定睡了。前妻一直有惊醒再难入睡的问题，不忍打搅她。转而又想给老娘打电话，但也觉得不好。那时候，心里特别凄凉，这时候我能给谁打电话呢？

再后来睡了，醒来是早晨。

咬咬你的手

刚来成都那天晚上，儿子讲了一个故事：以前，有一个外国男人。他女儿还小的时候，他喜欢咬她的手指和胳膊。女儿长大，他也老了，牙齿脱落。当他更老的时候，他每次只能吻吻女儿的手背。说完，儿子说："那个父亲就像你，老是咬我的手。"儿子又说："老爸你好久没咬我的手了，我洗干净，给你咬。"

我觉得这个故事充满意味，也觉得，咬，其实是爱和疼，是那种无法表明的心理以及言说无当的感情。咬，也是表达爱与疼的方式，比亲吻更高一个层次，或者说，咬，在某种程度上还有着自觉自愿、爱怜、唯美、不舍与珍爱等因素。

我忽然想到，我也会老的。

再过几年，等儿子长大了，一个老男人再咬一个小男人的手指，那是怎样的情景和滋味？

人和人，尤其是有血缘关系的人之间，有些东西非常微妙。人和其他人之间也有着不可言说的丰富意味。这种意味有时候像一根针，让人隐隐作痛，且持续不断。

一个人的快乐方式

没事时候浏览网易新闻，但主要不是看新闻，而是看新闻后面的评论，每次都是笑得前仰后合。还有的时候，沉重得如遭电击。

在这个时代，人们的智慧和才华在网络上得到了空前的张扬和发挥。

对一个长期单身的人而言，读帖子、看新闻后面的各式评论，是一种雅俗结合的美妙享受。悲惨与谎言之后，马上有人站出来，一句话捅破天，戳到肉里面；更高妙的，一下子就把一些花团锦簇的装饰翻成烂泥潭；还有的，一句话道尽人性本质，一段话说尽世道炎凉。看更多人的跟帖，足不出户即可体察民心民意、人心人情。

其中还有一些非常好玩，赤裸裸，不遮掩本性，不故作玄虚，要的是快意淋漓。这才是真实的人间，真实的人和人性。

我觉得网民特别可爱，尽管有些也说一些不着调的话。

比如，芙蓉姐姐改头换面的事，网民们有的客观理性，说得头头是道，有的说出自己本真的欲望，还有一些就是调侃，每一句话背后，都是一种情绪，每一句话背后，也都站着一个活生生、爱憎分明的人。

这个世界、这个社会，是我们每个人在不同场域和生存过程中所体验到的。往往，在网络新闻评论中可以找到这个时代的真实面孔。

特别是热点新闻和娱乐新闻后面的评论，令人感到一种生猛的力量。搜狐的chinaren社区，净是些和欲望有关的，可能是参与者都比较年轻，处在荷尔蒙波涛汹涌时期的缘故。但有些发言和帖子，简直叫人意想不到，又十分逼真和有趣味。还有天涯社区的思想、论史、贴图频道，也是好玩的地方，如今已关停。

网易新闻比较好，简直是万花筒和西洋镜，还是传真机和扫描仪，不乏投枪匕首、思想锋芒、警世醒言。集中看了一段时间，便五体投地地崇拜起了那些有智慧、有思想、分析判断能力也很超群的网民。

每当郁闷的时候，就看看这些，笑得我前仰后合，找不到东南西北。我好像从来没这样笑过。从那些回复当中，时常会感受到某种汹涌的力量，尤其是那些理性、客观、向善的发言，更是叫人肃然起敬。

这个时代，温良主义应当成为主流，非暴力应当成为每个人必须恪守的教条与戒律。

一个人的时候，我就这样快乐着，这是对抗郁闷和孤独的一种方式，也是深切感受时代、感受人心的方式。

胃镜

一大早去医院检查，做胃镜，好麻烦，手续好几道。心里有点窝火，可到临做时，却觉得很值得。主要是医生很漂亮，还很幽默。我说能不能做不痛的，她笑着说："堂堂七尺男儿，还是军人，怎么还怕这个？"说着话，让我张嘴，把药水（不知道啥名字）倒在我嘴里，弄得我没法说话，她看我继续含着，就说："咽下去，咽下去。"

在医生面前，我只有服从。

管子进去的时候，明显觉得它在胃里动，一会儿像是横穿的蛇，一会儿像是速度极快的蜈蚣。我干呕一会儿，口水汪洋。我想，一定很快了，这下该拿出来了，谁知，那管子还是一个劲儿在胃里停停走走。我想对她说这样就好了，可说不出话来，就只能忍着。心里也想，已经到胃里了，看不好，再来做的话肯定还是这般难受，忍吧。大概二十分钟后，管子才拿出来，擦掉自己的鼻涕口水，坐在床上，脑袋有点短路，但总体感觉是欣慰的。

终于做完了。自觉好像完成任务一样。

她说："你到外面等半个小时。"

没一会儿，另一个长得好看且丰满，说话很泼辣的女子大声叫我名字。我接过检查单，说谢谢。自己先看了一下，胃体和窦散在充血糜烂，结论还是慢性浅表性胃炎。找医生开药，只见各个楼道人满为患，一堆堆、一团团的人，不由叹息：身体太珍贵了，也太脆弱了；太美好了，也太容易出纰漏了。每个人，注定被它裹挟，不能自拔，也不可自决。

汹涌啊汹涌

每天下午五点多出门溜达。

尽管天气炎热。

已是傍晚，走在大街上，还是立马想到一个词——汹涌！是人的汹涌，也是物的汹涌，但归根结底是人在汹涌。成都的女子很漂亮，莲花一样。这和从前在西北是不同的，没有这么多人，更没有这么多美女。

不是说西北的女子不美，而是数量上根本无法与成都相比。随便一条街道的某一处，都是来来往往的美女，如天鹅在旱池行走，如玉石在人群中叮当作响。

见美女而心动，是生命仍还柔韧的表现，见美女而赞美，是爱美之心的自觉释放，这不是恶或者丑陋的，而是一种生命的自然反应。

迁徙者的肉身之花

肉体适合用来消费。这句话有些突兀，但我有理由相信这是真的。

成都的夏天在美女的发梢上结束，继而是连绵的雨。秋天豁然开始。某一个清晨，我觉得了冷，在肌肤上好像有无风之风，从皮肤内层向外吹。我兀自怔了一会儿，觉得说冷是错误的，这种感觉应当是凉，有更深层的意味，让人一下子觉得皮肤原来是分层的。

雨像是在不断重复。有时候听不到声音，直等到楼上阳台的水滴成串落在窗台上，发出啪啪的碰撞声。如此持续两天，中秋晚上，一点月亮也没有。半夜，雨再落下，把我从睡眠之中敲起来。拉开窗帘，路灯黄黄，雨接天连地，从高处，一味地下沉和自我摔打。

我莫名想到"轮回"这个词。在成都这些日子，我最大的变化是爱幻想和自言自语，经常为了一些莫名其妙的问题自己和自己争执不休。

大到我管不着的世界大势和国家社会，小到一个词语，一种感觉，一种奇思妙想，一个不经意的动作，甚或一粒微不足道的尘灰和一片树叶。

我想，这可能是一个人待久了的缘故，天高地阔，更容易使人孤独，而孤独的另一个派生物就是幻想。西蒙娜·薇依说，人以三种方式活着：思考、冥想和行动。我也觉得，这种冥想明显带有自我矛盾与对抗色彩。比如对一句话、一个词，我一会儿觉得这样正确，一会儿又把自己推翻。

从初春到初秋，在成都大半年，我基本上一个人过。这种生活，有时是一种奢侈，一个人，也意味着一种自由，这种自由是成家后的第一次，其中还包含着一些逃逸意味——尽管自由通常是被限制的，对一个成年人而言，任何形式的自由也都充满了自律，还有责任感。

当一个人成为集体的和家庭的，这种限制便如影随形，无可抗拒。

这一年春天，成都的冷我也是第一次体验。因为住在一楼，窗外还有几株树，叶子常年悬挂，连仅有的一点阳光也给没收了。一个人坐在房间，脚趾冻得要碎了一样。身上感觉到的那种冷，就像无数的小刀切割皮肤，不断摩擦骨头，心脏也像结了薄冰。必须开空调，可我觉得那些暖意心怀叵测。

我一直不大喜欢夏天，但我喜欢大地上茂盛的植被。七八月的成都可能最热，那种贴着皮肤烧火的感觉让我烦躁。有几次，走在路上，我忽然想，天气变暖是不是水泥等东西太多的缘故？一个明显感觉是，走在泥土上，不觉得脚发烫，而走在水泥板上，很快会有一种被烘烤感。

没事的时候，我一个人到街上去，买衣服，吃东西，或者就是纯粹晃。至今去的地方仍屈指可数，比较熟悉的也只是文殊院、杜甫草堂、天府广场、青龙巷、府南河边、太升南路、红星路一带。去文殊院最多，有时候会在佛前烧一炷香，默念着，愿佛祖佑我老娘、儿子、兄弟一家和岳父母一家平安健康。然后插上香，去后面溜达。看放生池的乌龟和鱼，看傍晚的老人家们在亭子里看报纸、下棋。有几次，胃胀得要爆炸，就坐在文殊院禅房一边石头上听众僧诵唱。

很多次去府南河边喝茶，一个人，看着浑浊河水，只觉得万般世事，滔滔不息，人心肉身，始终朝着消逝的方向。日暮时分，华灯初上，蚊子们在岸上与人争夺空间。某一个晚上，我坐在那里，忽然有了写诗的欲望。

这种感觉是久违了的。诗歌，我一直以为是隐蔽的、人与神灵通话的文体。我手机安装了新浪微博客户端，每有想法，就发在微博上。

如此持续到八月初，我仍旧抑郁异常，身体也出现了不好的症状，尿酸、甘油三酯等偏高，胃溃疡更重。我想我必须回老家，见老娘和前妻、儿子。要再这样下去，会崩溃。一个人，有时候比一家人在一起时还要负累与纷繁一些。这一点，绝不是生理问题。一个成年人最需要的东西不是多少物质，重要的是精神和心理上的慰藉。

乘火车向北，次日在邢台与前妻和儿子见面，回到家里。南太行村庄的夏天气候与成都相差无几，也可以用溽热来形容。草木葳蕤，填充了村庄及其周围的每一寸空间。

身体的不适感消失不少，躺在旧年房屋里，或坐在阴凉处，我总是在回忆，往事纷至沓来，而且总是从人生最初的那些零星片段忆起。我还记得，很小的时候，父母带我去村后一面山坡根部割草。他们把我放在对面坡下一块大石头上。大石头有点倾斜，周边因为雨水多而长满绿苔。我可能睡着了，后来疼醒了，哭了。我落在下面一个石头构成的凹槽里，哭得上气不接下气。母亲跑了过来，用沾满绿草汁的手把我抱起来。

是绿草汁，那种味道现在我还鼻中留香。那也是一个秋天，我身上裹着半截子毛毯，尿骚味很大。母亲重新把我放在石头上，用沾满绿草汁的手拍我胸脯。她的意思很明显，就是让我不要哭，继续睡，她好再去割草。可我还是哭，止不住。后来我看到一个老爷爷，个子不高，头发和胡子都白了，也在旁边的山坡根割草。他走过来，看着我笑。

一根干透了的、发黑的荆条棍子，比针稍微粗点，扎进了我的手腕。几天来，我一直在哭，谁哄都不行。左手腕也隆起了一个包，红色的，还流脓。开始，母亲以为是从大石头上摔下来扭到了骨头，就把我放在炕上，用手掌搓，越搓我越疼。

我被母亲和父亲背到了一个陌生的村子，在两扇黑漆木板门里，一个老头打着手电筒端详我的胳膊。从里面出来，沿着山路往回走，还没到村子，天就要黑了。在一条山沟里，我看到一棵高大的圆枣树，树上圆枣很多。母亲把我放在地上，搬了一块大石头，朝树上砸，圆枣落进草丛，母亲捡起来，在袖子上擦了擦，塞到我嘴里。我说还想吃，母亲继续搬起较大的石头砸，又几颗圆枣落下。许多天后，风把玉米也吹得有了刀子割肉的声响。母亲带我去大姨妈家，她家的青石房顶上晒着红柿子，门前树上不断有苹果砸在地上。大姨妈拉过我的手，用针尖拨开结痂的创口，一股脓血泉水一样冒出。母亲用棉花擦了，再细看，有一个黑点。大姨妈"咦"了一声说该不是扎了棍子吧，一边说话，一边用针尖持续挑动那个黑点，我疼得吱哇乱叫。不一会儿，黑点变成了一根黑色的细棍儿，高出创口后，大姨妈再用手指甲夹住，拔出一根两厘米长的荆条棍子。

我脑袋上也有一些伤疤，我没有亲眼看过它们的形状，甚至忘了它们定居在我头上的原因。在乡村，始终有一种仇恨传统，这种仇恨代代相传，传播者自身将仇恨通过语言和行动尽可能地扩散到家族每一个人的血液里，他们同仇敌忾。我头上的那些疤痕，大致是这种仇恨的结果。

位于右耳上方的疤痕是一位堂姐用石头块制造的。她长我七八岁，放学路上，她和她弟弟骂我母亲。我反击，他们打我，我一边哭一边搬起一块石头要砸他们的脚，可又怕砸坏了没钱给人家医治，就把石头扔在地上。他们先跑了，我一边哭一边走，一块石头从上面的旱地飞下来，砸在我脑袋上。

还有几个和我同龄甚至比我大几岁的人，也曾以同样的方式，在我身体上留下疤痕，最多的似乎就是头部了。石头挟着风声，在脑袋上破开一处，鲜血懵懂一会儿，然后争先恐后往外涌。要是没有头发，真的就像是迅速开放的玫瑰花，具有非同一般的爆破力与生动感。

此外，我的手上、腿上和胸脯上也有一些疤痕，但与他人无关，有的是自己用斧头、镰刀不小心割的，有的是被植物剐碰的。还有一个，是十多岁时患带状疱疹留下的，在腋下，它们不会出血，即使用针刺破，也只是清水，但疼起来无可匹敌，抓心撕肺。

晚上和前妻躺在床上，让她看我小时候留在身上的疤痕，那些形状不一的肉身之花，自己抚摸的时候，阵阵心酸，同时又很高兴。我指着膝盖上一个疤痕对前妻说："这是我十几岁时替父亲放羊在山上碰的。"

当时，我一个人带着一群对这一带山坡已经熟门熟路的羊游荡，庄稼漫山遍野，成熟的粮食的香味乱作一团。羊只可能知道，这是一年中最后的盛宴，抢到嘴里，就可安然过冬，要是身上没膘，身体就会羸弱，再冷，会被冻死。有些羊只狡滑，一不注意就溜到田里，吃萝卜叶子或者玉米，还有谷子。父亲作为放牧者，羊吃了别人的庄稼，别人不会怪罪羊，会把羊的错加在父亲身上。这是母亲揪着耳朵叮嘱我的。可羊们无视我的存在，一眼不见就跑到田里，我撒腿飞奔去赶，脚下一块石头晃了一下，就把我扔在了乱石当中。疼，尖利的疼，肉体就像被分割了一样。膝盖上被一块尖石割了一个口子，我还没顾上看有没有血流出来，就一蹦一跳地把羊只轰赶出来。

想到这里，心里一阵发甜，要是再让我回到从前，替父亲放羊我也愿意。紧接着是伤感，抚摸着膝盖上的疤痕，总觉得那里似乎藏着一些鲜活的东西，像存储器，将生命场景一一收拢，并以文件包的形式分门别类。可幸福永远是过去式的，美好也是。在人世，人最大的愚蠢就是不能够及时有效体验与享用幸福与美好，总是等到它们破碎和消失了，再不厌其烦地用语言、影像和文字追索重温。

我还记得与父亲的唯一一次冲突。十多岁时，有一晚看电影回来路上，母亲嘟囔我，我反对，很大声，父亲也呵斥我，我不听。父亲冲上来踢我，我一躲，他的脚正好踢在我裆上。我疼而大哭。母亲问我被父亲踢到哪儿了，我不吭，只是捂着痛处。母亲转头呵斥父亲："没地方踢了，你踢孩子那个地方？"然后安慰我。父亲抽烟，在椅子上坐了好久。

人终究是时间的消费品。这也是一个物质资源被极度消耗，肉身在精神走投无路的情况下，转而被自我疯狂开采和扬弃的时代。一个普通人，他所能做的，就只是爱所能爱的，欲所能欲的。此外，一切都是虚妄。

从十八岁到三十七岁，在巴丹吉林沙漠近二十年，我明白：我是一个名副其实的迁徙者。与在乡村相比较，我的肉身逐渐发生变化，以前是枯瘦而健康，皮肤有弹性，再向后，皮肤开始出现一些问题，且一年比一年松弛。最初几年，剃须这项功课我还没有开始做，二十四岁后，胡须茂盛不衰，三天不刮，就是森林一片。最可怕的是头发，以前茂密细长，稍微长一点就自然打卷。二十六七岁，早上起来，头发大把大把地掉，枕巾上也铺了厚厚一层。

我没有惊诧，也没有医治。我总是想，头发掉了，无非使自己相貌更丑，相对于生存和尊严，丑又算得了什么呢？从迈出家门的那一刻起，我就拿定主意，此生决不再回南太行村庄，哪怕在外面打工或者乞讨。

有些年探亲回到南太行乡村，总是很惶恐，到附近城市下车，回家的双腿总是变得虚软，心咚咚跳。小时候，有一次我提着一只篮子刨红薯，然后到池塘去洗，一不小心，趔趄了一下，右小腿被一块尖石划了一道三厘米长的血口子。鲜血呼呼往外冒，我用手掌捂住，撩清水洗，然后摘了一片梧桐树叶粘住。

当时，村里的几个人看到了，堂伯及其老婆，一个堂哥，还有一个奶奶。但他们只是看了看，然后继续刨红薯、割玉茭秆、拔萝卜缨子。母亲看到，一边埋怨我不小心，一边抓了白面帮我糊住伤口，又找了一根白布条缠上。这伤疤至今还在，形似僵死的蚯蚓。我早就忘记了疼，每次看到，脑海里就蹦出那些比早霜还冷的眼神。

若仅仅是这些，我也觉得无可厚非。但是，从20世纪90年代到21世纪头三年，每次回去，母亲就给我讲一些她和弟弟受殴打与伤害的事。有一次，母亲被一个当过兵的堂哥追着打了一顿，原因很简单，二舅一棵柿子树上的柿子被人偷了，母亲说看到那个堂哥天快黑时去了树下。然后，又说给一个当时关系较好的堂嫂，那个堂嫂又说给了那个堂哥。还有一年，弟弟为了捍卫分到的二分地，与邻居理论，结果被人家一家四口抓住打成了脑震荡，至今记忆力很差，算账也算不清楚。找到派出所，派出所刚开始说要严惩，后来却不再过问。

此后我几次回去，每次路过派出所，都充满了鄙夷。看着那坚硬的柏油路面，我想起母亲连续五次，步行十多里，顶着大太阳去找派出所要求公道处理的情景。

因此，我和前妻极力劝父母和弟弟一家搬走，且在西北找好了地方。可母亲不，说金窝银窝不如自己的狗窝。我和前妻无奈，但回家的次数明显增多。我渐渐发现，一个男人无论走多远，唯一能够供他疗伤，给他提供安全感的地方，还是故乡的父母身边。

在巴丹吉林沙漠那些年，肉身在黄沙粉尘中被损耗，生活也发生着变化。还是单身的时候，与几个人同寝室。其中一个，家是附近酒泉市的，父亲染上了毒瘾。他向我借钱，我把自己仅有的八百块钱分两次借给了他。不久，他被开除，我冲他要。我说"我们家穷，你给我吧"，几近哀求。他拿起一个哑铃就要砸我。我懦弱了，再也不找他要钱了。我当时想：我不能出问题，尤其是肉身上，向一个吸毒的人要债，且又是被开除的，万一冲突起来，我再受点伤，小伤没事，大了呢？我还是一个大小伙子，没有成家，也没有什么生存依靠，父母兄弟在乡村，尤其是母亲，或许全部希望都寄托在我身上，我要是出了问题，就等于害了一家人。

这是我唯一的一次妥协。2009年，我们在邢台买了房子，打算2011年回去，不为别的，父亲不在了，还有母亲和弟弟一家，我是长子长兄，要守着他们。到成都，也想了好久，但最终觉得，对亲人好，不一定要离他们近，再说，还要考虑儿子的将来。

一个人到成都，开始也觉得有一种一个人的自由，时间久后，我发现，我对家庭，对前妻和儿子的依赖，深切到了无法测量的地步。也常常觉得，人妻，应当是母亲和爱人的结合体，在我心里，她是最仁慈与可靠的，也是除母亲之外自己可以在其面前学孩子撒娇甚至出丑，且不被嘲笑的不二人选。

在忙碌当中，就又是冬天了，这一段时间，必须一个人在成都度过，自由而时常郁闷，还有些抑郁倾向，肉身愈发懒惰。上个周日，切土豆（这一直是我喜欢的，多少年来不曾厌倦）时，菜刀一歪，手指疼，一块肉掉了，后来是血。我抽纸包住，去超市买创可贴。想到自己甘油三酯高，也曾问过医生可以献血不，她说恐怕不行。早上起床去卫生间，还想着：要是能放点血就好了。这个念头只是一闪，没想到中午就自己切了手指。鲜血流出，在黄白色的土豆条间，真像是一朵花，艳丽无比。用创可贴包扎了，还有血渗出来，也像一朵花。我想打电话对前妻说，又怕她担心。一个人坐着，脑子里飞旋起关于肉身的记忆。

我知道，每一次创伤都是肉身的一种历险，而疤痕，很多时候承载了一个人肉身及灵魂的某些历程，尽管是一个人的，尽管它并不丰厚，也缺乏准确的判断。

她们的青春时代

近一年不见，周冬梅就成那么一副样子，瘦得颧骨和下巴篡改了整张脸不说，嘴唇上还多了一层扎眼的猩红，眉毛显然也是画过的，明显加粗加长了，最可怕的是她脸上的那层脂粉，好像一层白纸。更令我诧异的是，她还带了一个四五岁的小女孩。

我面带疑惑地看了看和我坐在一起的段玉琳，她也拿她清水一样的眼神看了看我。我和段玉琳认识稍早于周冬梅。

单位四周大街上，多的是各种高档烟酒、水产和茶叶店，还有几家半遮半掩、高价回收虫草和烟酒的门面。

2011年夏天，我刚从西北的巴丹吉林沙漠调到成都工作。从荒凉瀚海到繁华都市，起初有点恍惚，经常走到离单位几百米的地方忽然迷失方向，怎么也找不到来路，只好打车返回。几个月后，和单位的驾驶员混熟了，领导和同事们都叫他小白。这小伙二十多岁，老家湖南，工作之余，喜欢喝茶、按摩，做一些挥霍青春的事情。我虽然马上就是四十岁的人了，可在沙漠待了二十多年，阔大而封闭的环境带给我岁月的沧桑，还有对外面世界的陌生和无所适从。

小白的家，在单位附近的一个小区。有一天，我正一个人闷头睡大觉，小白打电话叫我出去耍。对"耍"这个字眼，以前我老以为只是一种方言。到成都后才知道，所谓的耍，除玩的意思之外，还有更多的含义。譬如："幺妹，耍一哈！"这是一句调戏女性的方言。小白打电话，我正好也没事，挂了电话就出门，到单位大门口的时候，小白已经在等我了。

见到我，小白笑了一下，说："咱们喝茶去。"

穿过马路，他带我进了一家名叫青衣江茗茶的店。青衣江的主要源流是宝兴河——发源于邛崃山脉巴朗山与夹金山之间，海拔4930米的蜀西营，与天全河、荥经河汇合后，成为青衣江，注入大渡河。"青衣江中水，蒙顶山上茶。"蒙顶山在雅安，传说为最早种茶制茶地之一。成都市内所销售的绿茶，大抵来自以蒙顶山和峨眉山为中心的地区。以青衣江、蒙顶山、峨眉、夹金山等为名的茶馆茶店满大街都是，这家店也不例外，主要营业人员也都是十八九岁的女孩子。

可能是天生性格木讷，又在沙漠地区生活、工作了十多年，刚一进城，见到衣饰光鲜的女孩子我就脸红、局促不安，浑身上下长了刺儿一样。

进到店里，抬眼就看见三个花枝招展的女孩子。其中一个年纪稍长，从仪态和话语中就知道是一店之主。小白是一个绝对的帅小伙，极善口舌，在女孩子面前更是口吐莲花，巧舌如簧。我心里知道，小白来这家茶店的"历史"算是相当"悠久"了，坐下之后，小白和三个女孩子说话，喜笑颜开，我则枯坐，木然不自在。

男人在美女面前掩盖和装饰自己，似乎是一种天性。其实内心里也暗潮拍打，风吹十万青草。小白向她们介绍说我是一个"有名的作家"，出过很多书。女孩子集体性地"啊"了一声，然后迅速转过脸去，该忙啥还忙啥。

几个女孩子长得都很漂亮，或说各有特色。其中一个女孩子，身材高挑，眼睛虽然不大，但眼神清澈，手指也十分纤细，做事稳重，甚至还有点慢腾腾，我和小白坐下后为我们沏茶。茶还没沏好，小白就用一种很夸张的语气看着对面的美女说："真是一个大美女啊，要是我还没结婚，一定找你。"女孩子没笑，反而撇了一下嘴，脸上露出鄙夷之色。

从她的这一表情看，我忽然觉得，小白虽然帅，但在那位姑娘心里，也就是一个油嘴滑舌的登徒子形象罢了。小白好像也看到了，脸色尴尬了一下，转过身"哎哎哎"地喊另外一个正在装茶叶的女子。沏茶的女子说："没见人家忙着吗？"小白扭过身子，端起茶杯，嘴巴很响地吸溜了一口茶水。我忽然觉得这女孩子说话的口音不像是成都的，但也没敢贸然问。正端起一杯茶要喝，沏茶的女子说："杨哥是哪里人？"我说我是河北人。她"咦"了一声，惊讶地说："我也是河北人！"

段玉琳老家河北邯郸，和我老家邢台毗邻，这使我惊喜。相对于其他省份，河北人是最喜欢抱窝的，也最恋家，无论男女老少，极少外出谋生。可能是因为段玉琳，我去青衣江茗茶店的次数也多了起来。我了解到，店主名叫张丹，都江堰人，她的家，可能距离"5·12"汶川特大地震的震中映秀镇不远。

年龄和阅历之故，张丹和她店里其他三个女孩子都不太一样，最显著的区别就是冷艳、大方，说话得体，即使开玩笑的话她也回应得一本正经。尤其是对小白各种挑逗性的问话和"暗示"持宽容态度，却又不屑一顾，反感，但又不做出要求。这大概是做生意人的一种耐心和涵养吧。

段玉琳生于1992年，另一个姓刘的四川美女1989年生。还有一个，似乎是1990年出生的。在她们面前，我真可谓是一头卷毛的老狮子了。唯有张丹生于20世纪80年代初。

可能是老乡这层实际上没什么作用和意义的关系在暗中起作用，没多久，我就和段玉琳熟悉起来。有时候，我也不叫小白，一个人信步晃到她们店里，坐下来喝茶，主要和段玉琳聊一些家乡的人事、风情等。有一个晚上，我喊段玉琳一起去看电影，段玉琳说："怎么好意思让杨哥破费呢？"我说："这没啥的！"那时候，我一个人在成都生活、工作。看电影这种事好像有点浪漫主义，只针对恋爱中男女的。我看电影，无非是消磨时光，在影院之内，被故事及画面吸引，暂时忘掉其他俗事而已。

段玉琳身材高挑，可也怕变胖。每次和她一起吃饭，她也就是吃一小口米饭，再加一些菜。我劝她说："遵从身体要求和生理本能，不是饿肚子就可以减肥的。"段玉琳抿嘴笑说："女的几乎都这样吧，怕胖才不多吃东西。"

进影厅之前，我总是征求段玉琳意见，让她自己选吃的喝的。然后两人进去，肩并肩坐下来。看完之后，跟着众人散场，再找肯德基或者麦当劳要点小吃和饮料，然后各回各的住处。

对于段玉琳的个人事情，我从来不问，都是她主动对我讲。很长时间之后，我才断断续续知道，段玉琳父亲无业，她的生身母亲从没被她提及过，她后妈至今还在邯郸的一个事业单位工作。因为她，后妈一直和她父亲闹别扭，两人的婚姻早已名存实亡。最终，父亲在她和后妈，以及她同父异母的妹妹之间做出了选择。段玉琳说，她父亲在都江堰一个私营农场工作，她在成都上班，轮休的时候，她再坐动车去都江堰和父亲团聚。

每次说起父亲，段玉琳都显得特别忧伤，明净的眼睛里忽然之间就有了一些明亮而隐秘的水滴。我也叹息，也觉得她父亲做得对。段玉琳说，她和父亲净身出户，把房子及积蓄给了后妈和妹妹。那一年，她才十四岁。她还说，在成都这些年，父亲换了好几个地方打工，经常带着她租房子住，往往是刚安稳下来房东就涨价，或者要拆迁。他们父女俩的生活总是处在一种逃难的状态。她在这家茗茶店上班，基本工资1000元，再就是销售提成。

茶叶的价格有些随意。对喝茶有些讲究的，大抵是中产阶层以上的那些人，寻常百姓喝的，大抵是很便宜的素毛峰。青衣江茗茶店和其他一些高档烟酒店和水产店一样，主要面向企事业单位、宾馆和外地人。段玉琳说，有时候一天可以卖几千块上万块，遇到特别有钱的部门和个人，她们的日子就好过一些。她还小声告诉我，这附近有几家单位，每次来他们店里都是几千上万块钱地消费，有几个男的，还会时不时给她一些东西，购物卡、礼品等。

每一个人都是自由的，无论是与人交往，还是做生意。张丹和段玉琳也说，做生意赔赚无常。大街上那么多人，要是每人每天买一两，那就好办了，可谁也不能把人拉进来掏钱。据我的长期观察，段玉琳是青衣江茗茶店几个女孩子中最为木讷的一个，嘴巴也比较笨，面对进店的各色顾客，她往往只会照本宣科地介绍，察言观色、见机行事那些场面上的做法，她完全不会，因此，段玉琳是店里销售业绩最惨淡的一个。她自己也很不甘心地说："长这么大，就是学不会那种见人说人话、见鬼说鬼话的本事。"

再次去青衣江茗茶店，发现一个新面孔。段玉琳告诉我，这是新来的周冬梅。与段玉琳的高挑身材比起来，周冬梅有点矮，肤色也黑，但两只眼睛和两片嘴唇很好看。眼睛不大，但很圆，看人的时候好像一眼清泉；嘴唇略厚，再加上上下两排白牙，一口地道的四川方言，叫人一听就迷醉。去几次后，我就发现，周冬梅伶牙俐齿，说话善于抓关键问题，且往往得理不饶人，做事干练，极会把握时机并投人所好。我觉得这个女孩子一定是做生意的好材料，如果为人妻的话，也会很优秀，旺夫兴家。起初，周冬梅对我也有点爱理不理，甚至有些轻蔑。按照段玉琳的话说，对男人，女孩子都有戒心。她还说，在女孩子心里，无论什么样的男人，接近女人的目的只有那么一个。

在成都，段玉琳和我都算是前后无靠的异乡人。她虽然有父亲在都江堰，但为了生计，父亲并不能时常守在她身边。段玉琳说，她在一品天下那边租了一间房子，周冬梅来后，就和她合租。我得知后，叫段玉琳吃饭或者看电影、喝茶聊天的时候，就让她也喊上周冬梅。第一次，段玉琳叫了，周冬梅却没来。段玉琳说，周冬梅说她有点不好意思，和我又不熟悉，和她一起来吃我的喝我的，心里过不去。我对段玉琳说："这有什么嘛，无非一顿饭、一张电影票而已。"

再次去青衣江茗茶店，段玉琳不在，周冬梅和另一个女孩子在。一般而言，有熟悉的客人来到店里，都要沏茶，这是店长张丹定下的规矩。既不冷熟客，又能稳定顾客群。周冬梅起身烧水，给我泡工夫茶喝。夏天一般喝竹叶青或飘雪、铁观音，冬天则正山小种、白茶、黑茶、金骏眉和大红袍等。周冬梅一看就是新手，泡茶时很不利索，动作也有些僵硬。从这一点上来看，周冬梅应该出身一般农家。

时间久了，我和周冬梅的关系也慢慢拉近。至于其他女孩子，可能是没有缘分，只是聊聊，或者打个招呼，不多说话。我慢慢了解到，周冬梅还真的是那种心直口快的女孩子，极会变通，待人接物也周到细心，可她的性格里面似乎还有一种决绝或者说刚烈的东西。

这一点，周冬梅正好和段玉琳相反。段玉琳说话办事有点优柔，这可能与她的家庭环境和成长经历有关。起初，我和周冬梅聊天就是拌嘴。我说这事儿应当是这样的，她立马反驳我说不是这样的，而是那样的。有一次，我说成都这个地方，生活悠闲是悠闲，可就是人不行。还有一个特别的现象是，小卖部老板比像样的商场和饭馆老板牛！比如，我常去附近的小卖部买烟和水，老板盛气凌人，说话都像怒喝，好像向他乞讨东西一样。卖东西就是要赚钱糊口，态度好一些，生意不是更兴隆吗？

周冬梅咯咯笑了一声说："这才是成都人风格！卖东西赚钱没错，谁让你去人家那里买啊！卖东西不吃喝，卖啥子吃喝嘛！"我说："这个时代好到极点，也坏到极点。一般人想成功，是越来越不可能了。"周冬梅则说："杨哥此言差矣，历朝历代都有上、中、下三等人。难道你没听说过'穷不过三代，富不过三代'这句话吗？再说，谁能断定我二十年后不会咸鱼翻身？"说这话的时候，周冬梅看上去异常勇猛，有挑战的信心。

　　我苦笑一下，觉得她说得有道理。再后来，我还从她的话中听出故意和我抬杠和玩笑的意味。有一次，我和段玉琳一起吃晚饭，我对她说："有些方面你真的要向人家冬梅学习。你们俩正好互补。"

　　段玉琳是一个有自知之明的女孩子。她自己也说："如果我有冬梅那张嘴、那个脑子的话，以后生活肯定不会发愁。"问起在成都生活的感受，段玉琳说："到哪儿都是一个迷茫，人那么多，可是没有一个人可以给你希望；楼房也很密集，可也没有一扇窗户的灯光为我亮着。"说到这里，段玉琳咬咬嘴唇，一瞬间悲戚，立马又兀自摆摆手，脸露笑意说："不说这个了，快乐才是无敌的。年轻就是一切！"

　　人的脾性不同，志趣相异，自然也会有矛盾。一家茗茶店，三五个女孩子，其实也是一场精彩的戏。段玉琳说，在店里，甚至在整个成都，她只有周冬梅这么一个好朋友。从我内心说，我也希望段玉琳和周冬梅能成为好朋友，并常对她说："你一个人在成都谋生活，遇事没人帮是不行的，没有知心的朋友也不行。周冬梅虽然牙尖嘴利，但她性格刚烈，应变和生存能力强。遇事多找她商议，她可能会给你出一些好主意。"段玉琳也点头说："冬梅确实是那样一个人。我也喜欢给冬梅说一些心里话。"

　　因为销售业绩较差，段玉琳每个月拿到的也就比基本工资稍微多一点。按照她的话说："还没拿出来就没了。"我也知道，一个月一千多块钱，对于一个青春招展的女孩子来说，连买件像样的裙子都是奢望。每次和段玉琳吃晚饭或看电影，分开时，她打车，我掏出一百元给司机，让司机零钱找给段玉琳。段玉琳几次脸红且愧疚地对我说："杨哥，这样实在不好意思。"我笑着说没啥，也不是什么大钱。段玉琳抿抿嘴唇，看看我，叹一口气。有一次，段玉琳下午没事，我也没事，就喊她一起吃饭。吃了晚饭，和她一起到府南河边转了一圈。

府南河也叫锦江，母河是岷江。府南河水常年有腥味和泥土味，在岸边，可以想象到岷山之峡谷草野、雪山与森林，当然还有沿途的泥土和鱼群。只不过，府南河垃圾较多，空气也不怎么好。我和段玉琳在河边茶摊坐下来时，华灯已经全上，临河的建筑及灯光倒映在河面上，有一种繁华的落寞和平静的沧桑之感。头顶是婆娑的万年青和枇杷树，身边还有青草。段玉琳说她不想在青衣江茗茶店干了，我觉得也正常，问她想去哪里，她说没想好。

段玉琳还告诉我，周冬梅也不想在青衣江茗茶店干了。一是工资太低，二是张丹的做事方式她实在看不惯。我说："人各有脾气，相互容忍和礼让才对。况且，你们现在又处在打工的时期。"段玉琳神情黯淡，吸了吸鼻子说："杨哥你说得也是。可谁能长期受那个气呢？"我说："其实你和冬梅该读书的，这么小的年纪就在社会上讨生活，难度大不说，以后发展也受限。"段玉琳看着河面上的灯影，叹息说："杨哥，你说谁不想好好念个大学，将来寻一个好工作，找一个好对象呢？"我说："你和冬梅现在都还来得及。"段玉琳惆怅地看着我，嘴唇紧闭，一脸黯然。我也一时无话，看河面和对岸，有不少人在黑暗中喝茶聊天，也有一些人，沿着河堤散步。

我去雅安和康定出差，两周时间忽然就过去了，刚回到成都，单位又派我去广州和北京。再回到成都，青衣江茗茶店还在，店主张丹和其他两个女孩子也在，只是少了段玉琳和周冬梅。张丹知道我和段玉琳平素来往甚密，一进门，她就说："啊，杨哥，小段去乌鲁木齐了！"我心想，段玉琳肯定去乌鲁木齐读书去了，之前她对我说过，到青衣江茗茶店上班之前，她在乌鲁木齐一所学校读书，至于什么学校、什么专业，一直没告诉我。

可能是为了掩盖和段玉琳过密的关系，我也没细问。晚上发短信，段玉琳回信说她在乌鲁木齐。从她口中，我得知周冬梅还在成都，转行去了锦江区的一家酒店。有一次外地朋友来，我想到哪儿都是吃饭，不如把钱送给周冬梅，随即打电话给周冬梅，她却说在老家。她把酒店地址发了过来，我看了看，实在太远，朋友们又想在文殊院附近玩耍，只好作罢。

似乎从这时候开始，我很少再去青衣江茗茶店，尽管每次出大院，走不了一百米就可以看到。有几次路过，拐到里面。张丹调侃说："杨哥可真是稀客啊！"我笑笑说："这段时间太忙。"她笑笑，照常沏茶给我喝。

店里的售货员又换了一批，有已婚的，也有未婚的。坐下来，她们照样给我沏茶。我和她们聊天，其中两个也慢慢熟悉了，我聊一些世态人情方面的话题，有时候只是对百姓关注的热点新闻和突发事件发表一些自己的看法，有时候觉得不好意思，就买些茶，邮寄给外地朋友，或者自己喝。

不知不觉间，两年过去了。忽有一天，段玉琳在微信中说她回成都了。我迅速打电话给她，约她晚上一起吃顿饭，并请她代我邀请周冬梅。在成都，我的活动范围很小，一般就在文殊院、新城市广场、万福桥、营门口那一带。段玉琳来得早，两人喝茶。我意外发现，一段时间不见，段玉琳脸上有了一些难以掩饰的沧桑，眼神也不清澈了，瞳孔内好像蒙上了一层雾，话中也多了一些对人情世故、世道生活的了悟。段玉琳说，周冬梅现在特别喜欢孩子，我"哦"了一声。喜欢孩子几乎是每个人的天性，没什么稀奇。段玉琳叹了一口气，看着茶杯中的绿叶子说："冬梅做事真是匪夷所思。"

段玉琳说，周冬梅在那家酒店，起初做领班。领班的第一职责就是招徕客人，因为牙尖嘴利，善于察言观色，她的业绩相当不错。酒店招聘客房部经理时，周冬梅自告奋勇，一举击败了数名竞争者。我赞叹说："我的眼光不错吧！"段玉琳笑了一下说："杨哥你的眼光啥时候错过？"然后脸色一沉，说周冬梅现在很不好。我收敛得意之色，问她冬梅怎么了。段玉琳说，刚到那家酒店不久，冬梅就爱上了主厨。那个男人家在四川夹江县农村，早就结了婚，但和老婆关系一直不好，四年了还没生孩子。

我有点吃惊。在我的判断中，做事冷静理智的周冬梅断然不会爱上有妇之夫。段玉琳说的时候，我还有点不相信，她说这还不止，冬梅和那个主厨在一起了，还怀孕了，为了不让人看出来，她用一块白布使劲缠住自己的小肚子，肚子大得实在掩不住了，她就辞掉了客房经理的职务，也没对那个主厨说，就跑回家里。冬梅对父母亲说要把孩子生下来，父母气得呼天抢地，要冬梅一定把孩子做掉。不然，爹就撞墙死，娘跳河。冬梅扑通一声跪在爹娘面前，哀求他们允许她把孩子生下来，自己养。

段玉琳说到这里，我已经眼泪止不住了。我没想到，在这个年代，还有冬梅这样刚烈而纯情的女子。冬梅做得决绝甚至壮烈的是，她怀孕并要把孩子生下来的事情，并没有告诉那个主厨，自己拿主意。我想，这个生于1991年的女孩子何以如此勇敢？不想任何人为自己背负担，甚至包括让她怀孕的男人。段玉琳说，冬梅曾经告诉她，那个主厨生活得很不容易，父亲生病，常年吃药，母亲也没有了劳动能力。他娶了个媳妇，又长期分居，家形同虚设。主厨几次要离婚，但父母亲不同意。

刚说到这里，冬梅出现了，还带着一个小女孩儿。冬梅说，那是她邻居的孩子，老家在河南。再看冬梅，确实变了一副模样，主要是瘦，似乎只有皮和骨头，最典型的外部变化是学会了化妆，眉毛、嘴唇、脸蛋、指甲，都加了不同的颜色，和我两年多前认识的那个冬梅判若两人。上了菜，我给冬梅和段玉琳分别夹菜，给冬梅夹的次数和量明显多于段玉琳。冬梅笑笑，然后张开猩红的小嘴一遍遍地说："谢谢杨哥。"这样做，我不知道自己出于何种心理。

我心里有许多话想问周冬梅，但无从开口。段玉琳也事先让我不要问冬梅，更不要说冬梅的其他事。我明白她的心思，也想尊重冬梅。我们就只是吃饭，说一些别来无恙的话。从餐馆出来，我的意思是再去喝茶。冬梅却说她带着孩子，另外还有事儿，要回去。我和段玉琳站在路边送她，上车时，冬梅很开心地把那个女孩子抱起来，放在后座上，自己也坐在后座上后，又把那女孩子放在腿上。

这时候我才觉得，周冬梅是真爱孩子。段玉琳叹了一口气说："要不是自己那个孩子畸形，冬梅估计也当妈妈了！"我"哦"了一声。段玉琳又说："孩子到七个月的时候，冬梅去医院检查，发现胎儿畸形，就拿掉了！"

和段玉琳再一次来到府南河边喝茶，还要了一盘青豆和花生。聊天时，段玉琳慢慢悠悠地告诉我，这段时间，她其实没在乌鲁木齐上学，而是在一家玉石店当售货员。我觉得有点惋惜，又问她恋爱了没有。她说在乌鲁木齐谈了一个，现在分了。我问为什么，段玉琳说，在父亲和男朋友之间，她还是觉得自己的父亲重要。我说："可以让你男朋友来成都发展啊。"段玉琳说："他在乌鲁木齐开了几家店，到成都来的话，未必能吃得开。他也不愿意来。"沉默了一会儿，我看着昏黄灯光中的段玉琳，语气不安地说："小段，我可以问你一个私人问题吗？"段玉琳笑笑说："杨哥，客气什么，有话就问呗。"我支支吾吾了一阵，然后小心问她说："你们发生过关系吗？"

段玉琳呵呵笑了一下，看着我说："当然了，那有啥。"

我一时语噎，也感到吃惊。此前我一直以为，如段玉琳、周冬梅一般年纪的女孩子，都还把身体和性看得很重要。因了她那一句回答，我忽然觉得很无趣，或者说失望。转脸再看河面，灯影晃动，如条条闪光的皱纹。分开时，我照例拦了一辆出租车，段玉琳上车后，我又给了司机一百块钱。段玉琳看了看我，然后挥手说"杨哥再见"。我象征性地笑了一下，又朝她摆了摆手。

半个多月后，朋友聚餐，我又微信联系段玉琳，并叫她邀请周冬梅。段玉琳和周冬梅都来了。吃完饭再去喝茶，可能是因为酒，我问周冬梅对生活和爱情之类的有啥看法。周冬梅说："生活就是茶，贵人喝高端茶，没钱的人喝素毛峰。这人啊，就像沏茶，开始三五杯还有味道，后面没味道了就得换掉。爱情像吃饭，对胃口的菜多吃几口，不对胃口的饿死也不动筷子。"段玉琳说："我没啥想法，时代啥的，高级玩意和我基本不沾边。我就想碰到个可靠的男人嫁出去，当老婆再当妈，当婆婆，再然后，嘎嘣儿死了，完了！"

我一句话没说，只是歪坐在藤椅上看着她们。昏黄灯光下，烟雾缭绕，两个女孩子的脸和表情，像窗外夜色一样模糊不清。我点了一根香烟，心里想，这俩女孩子，是我到成都之后最先认识的两个人，从陌生人到朋友，短短几年，她们都发生了诸多的变化。我同她们一般年轻的时候，大抵也是如此。只是，她们现在尚还年轻。将来有一天，她们也都到了知天命之年，肯定会对现在的一切有一个自己的认知和判断。

无论如何，这都是她们的青春年代。

身体内的闪电与玫瑰

　　那种声音由来已久。我起初觉得那是吃错药的"生化后遗症"，也可能是那场大地强震埋进我身体的某种"回响"。大致从2012年初开始，我身体内总是有一种声音，像闪电击中一块岩石或一团大火围困一朵棉花。在我静坐、思虑，或者行走与忘情看电视的时候，它就会轰然而至。还有些夜里，我要上床或者刚躺下，它也会突然尖锐而至。我不知道怎么了。第一判断是身体出了问题。是的，肉身，这看起来美好的事物，事实上它的本质是持续败坏。2011年末，我想告别一个人待了将近一年的成都，回西北再陪前岳父喝酒。这是我多年来和前岳父的一个经典项目，他也喜欢。可是我的胃出了一些问题，我想在回去之前把它治好。产生这个念头之后，我转身就到了三医院，一个医生给我开了四种药，叮嘱我吃九天就可以了。可吃到第四天，药就没了。

我去单位医院开，也想省钱。我是单位的人，一般医疗免费。一个女医生一副热心肠，在原有药物的基础上，又多加了几种药。当晚，我吃下去，然后就出现了前面说的吃错药的感觉，直到2012年下半年全家搬到成都，症状才开始有所减轻。但那一种响声，依旧时不时在体内轰然而至。

2013年4月19日，我四十岁生日，和前妻、儿子一起吃饭后，由青羊区返回高新区的家。大儿子杨锐总让我陪着他睡觉，我也喜欢。他在逐渐长大，逐渐独立。当他长得和我一样的时候，陪他睡觉就很奢侈了。早上醒来，只穿着内裤去卫生间，又去我和前妻的卧室。刚躺下来，就听到一声巨大的响声，好像雷霆，从地底深处奔腾而来。楼房瞬间摇晃，并发出吱吱呀呀的响声。我还在发蒙，前妻飞快跳下床，到儿子房间。儿子早就抱着书包和玩具钻到桌子下面，小猫一样。前妻把他带过来，并喊我进卫生间，我才意识到地震原来如此凶猛而惊骇。大约二十秒或者更久，地震停止。穿好衣服，我带着儿子从楼梯下了十三楼。一出门，只觉得一阵阴冷，身体如结冰一般，阴冷到了骨髓。天空阴森，好像飘满了灵魂。

余震持续。有几个夜晚，我带着儿子杨锐在文殊院喝茶到深夜，想躲避传言当中更大的地震。可更大的没有，余震总是在不经意间奔袭而来，把楼宇和人摇晃一下，又迅速逃遁。自此之后，我身体的响声似乎又多了一重，感觉就像是一场身体内的地震，忽然轰的一声，整个身体都跟着颤动。很短，但特别剧烈。我想还是身体内部的事情，自然的灾难可以令肉身受磨难、灵魂受惊，但不会把那种恐惧移植到一个人的身体之内。我把这种感觉对前妻说了，她让我去医院检查，我去了，可毫无结果。我不敢对儿子和母亲说，一个还小，一个老了，不要小的和老的担忧，尽管一个人不能准确地掌控自己，但可以不让最爱的人为他担忧。

我只好在街道和操场上蛇行兔走，漫无目的，到人多的地方，才觉得有一些安全感。这和我多年来的习惯正好相反。这之前，我是一个多么安静的人啊！喜欢一个人待在某一个地方，哪怕十天半个月不向外张望一眼；也非常善于把自己关在某个房间吃喝拉撒，好像自己就是整个世界了。可一场疾病和一场地震篡改了我由来已久的习惯甚至习性。与此同时，我的内心总是有两个担忧，一是担忧更大的疾病，一是担忧更大的灾难。也渐渐明白，一个人确实微小无力，连自己都无法照料和拯救。

许多天后，我想我应当出去走走。远方总是属于幻想者，是在一地久了，内心怀伤者的忠诚彼岸。五月，我去了震区芦山，在帐篷里好像睡得很好。白天跟着一群人去查看现场，似乎也很快乐。可回到成都后，那种身体内的响声和异象就会卷土重来，不管我在哪里，不论我在做什么。我再一次感到沮丧、恐惧。随后又去了雅安，并一路凶险地去了一次康定。我想在外地是安全的，尤其是人多且带有工作性质的地方，会替我将身体内的那种响声和异象暂时驱离。可我错了，在雅安苍坪山上的宾馆，还有康定的招待所，它们再度联袂而至。

再回到成都，八月将近，震后的盆地也少了往年的潺热。收拾好行装，我坐火车向北。这种贴着大地的缓慢行走，是我从少年至今的梦想。虽然火车是钢铁和带动力的，道路曲折蜿蜒，可毕竟是舒心的。沿途的风景尽管残破，但尚有一些地方完美无缺。城镇一字排开，无论是山峰还是平原，人间烟火浓郁，各种行迹明显而琐碎。对一个路过者而言，看和观察是一件惬意的事情。比如，到三门峡车站，我发现，月台上一个卖东西的女人竟然是我多年前就见过的。那时候我在西北，几乎每次回河北老家都乘坐火车。三门峡是一个大站，每趟车都会停靠。

那个女人那时候还年轻，脸色白皙，身材修长，梳着马尾。不论哪个季节，每次路过，我都看到她推着小货车售卖。这一次见到，她竟然老了，脸像巴丹吉林沙漠皲裂的沙枣树皮，眼睛浑浊，好像生活的灰尘都落到里面去了。我不由一声长叹，突然有过去和她打招呼的冲动。这时候，火车鸣笛，乘务员喊我上车。我遗憾地回身看了一下她，踏进了车厢。过郑州，就是北方了。伟大的北方，混血的北方，我出生和成长的辽阔背景。

我的家在南太行，这个强词夺理的地理命名，完全出自我个人。群山叠嶂，一座山村深埋其中。到邢台，夜了，和一个朋友吃饭。凌晨，去附近的超市买了东西，朋友送我回家。车子在悬崖上的公路上奔行一个多小时。越是接近家，我的心越疼。前尘往事从熟稔的建筑和自然物反射过来，我唏嘘长叹，泪流满面。路过一座桥时，我哭了。在向上的山坡根下，父亲已经躺在那里四年了。这四年里，我回来五六次，但没有一次去看他。不是不想去，而是不敢。父亲，尽管他木讷，过于实诚，是农民，一生没说超过一千句话，贫苦，他也是我的父亲，是我在沧桑人世唯一确凿的根——大地的、精神的、文化的和灵魂的。车子闪过的一刹那，我想放声大哭。可顾虑到朋友和他的车子，在我们南太行乡村，人的号哭有着乌鸦和猫头鹰一样的预言性。

弟弟正在盖房子，好大的房子，他竟然盖起来了。弟弟算是个无心无肺的人，对任何事情都不操心，家里的一切，都还是我年过六旬的母亲在操持。去年回家，喝着酒，就着夜色，我对弟弟和弟媳说："你要一年做一件事情，趁着孩子小，把房子盖起来。等孩子们呼啦啦地长大了，你们两口子就可以专心供他们读书。"弟弟当时不置一词。可还没过一年，他就动手把房子盖了起来。我欣喜，放下东西就去帮忙。自从父亲死后，我从没有这么欢畅过。拉沙、和泥、抱砖、抽铁管，一会儿就是一身大汗。晚上，母亲问我去北京待多久、主要做啥，我说是参加一个学习班。她又问我学啥，我笑笑说就是学习，啥都学。

和弟弟躺在旧年的房子里，夜色把整个世界都吞下了。自从失去父亲以后，每次回到这里，我就要弟弟陪我睡觉。刚一躺下，关灯，床边就有一个人，站着端详我。不用睁眼睛我也知道，那是父亲。他去世的前一年春天某夜，回家，有几个晚上，我还和父亲并排躺在那张床上，半夜听他呻吟。他去世后，不单在家里，即使在遥远的成都，我也总是能够感觉到一个人就坐在我身边，或者距离我几米的某个地方，笑，持续盯着我看，但不说话。正要睡去时候，一声巨大的响声在我身体内发生，紧接着又是凌厉的一声。我恐惧了，睁开眼睛，拉开灯，弟弟早就打起了鼾。简陋的房子里面，墙角的蛛网，以及早年父母亲给我打制的那些家具，在灯光中面目诡异，好像都长着一张会笑的脸。

朋友再次开车来接，到邢台，又吃喝一顿，带着醉意上车去北京。偌大的京都我也算熟悉的，但无论怎样我也不喜欢它的嘈杂与灰霾，不喜欢它那种毫无风度的仓皇步履和不加节制的自恃与积压。老单位的车子把我送到朝阳区文学馆路45号，我拖着简单的行李，进门报到。这个地方，我2005年初夏去过隔壁的现代文学馆。而鲁迅文学院，于我而言完全是一个崭新的安身之地，尽管这是有期限的。当晚，我把自己放在床上，开着的窗子持续将灰尘和风带进来。我想，这四个月时间，该修身养性。我本就是北方人，当然会适应北京，也或许，北京可以在无形中将我身体内的那种异响和异象清除掉。因为，地域及其气候的能力是强大的。

与我同在的人很多，都来自中国。好像在一种皆大欢喜的氛围中，我再一次的北京寄居生活开始了。通常的情况是听别人在台上讲道，我在台下听悟、研判、闪思，并暗中质疑与呼应。不过五天时间，我就能认识与我同在的所有人，比较准确地喊出每一个人的名字，知道每个人都在操弄什么样的文学体裁。这可能与我在部队当过基层干部有关，以最快速度熟悉并了解与我同在的人，并与他们建立一种合作关系，是尊重人的一种方式，也是迅速在人群中确认同类和伙伴的本能之一。

最初几个夜晚，我总是睡不着，各种原因都有，但可以排除掉兴奋等外在的浅显的情绪原因。一个四十岁的男人，一个以文字为灵魂宫阙的人，多年的动荡沧桑与纷繁世事已经使他面目苍老、思虑深重、心有暗伤。在这样的一个年代，文学及其操弄者始终有一种卑微的意味在。但如此一种学习的形式，使得我有一种重返少年时代的单纯与无虑，还有癫狂与不设防。好像是到鲁院的第四个晚上，我正在端坐，把手指当作两匹惊马。忽觉一阵下沉，伴随着巨大的响声，一切急速发生又急速撤退。我知道，身体又发生了地震，它以灾难的形式，再次震慑了我的灵魂。

睡不着的夜晚，各种声音逐渐在封闭式的楼道里归于平静，而我觉得身体内闪电频频，还有雷声和暴雨。

我告诫自己说：这里人多，一定没事的。放下书本，关掉台灯，面朝着白色墙壁闭上眼睛。很快，又感到眩晕、心悸。"生化后遗症"席卷而来。我恐惧。可越是恐惧，这种感觉越是加剧。这似乎是一个规律。我想还是要快乐起来。睡着，晨曦从没拉严的窗帘中横冲进来。又是新的一天，我想我要好起来，我必须置身于人群之中，以放浪、癫狂、无厘头甚至卑贱的方式让自己保持快乐和兴奋。事实上，我也乐意如此。一个人总是自由的，自由应当成为每一个人在任何时候的生命和思想状态。如此，每一日，我几乎都在说风花雪月以下、饮食男女之间的事儿和笑话。即使对着女人，也毫不避讳。庸俗是人唯一的快乐来源，高尚沉郁而憋闷。每个人的内心都有律令。心在肉身之内，肉身才是感触和收集这个世界的唯一孔径。为了证实自己如此表现好，甚至"搞笑有理"，只要有机会，我就四处宣扬《菜根谭》中的一句话："文章做到极处，无有他奇，只是恰好；人品做到极处，无有他异，只是本然。"

这或许是对的，要求善，其实真才是万善之本。

似乎一阵风后，北京就开始凉了。鲁院之外的小花园因为幽静而让人感觉到它有神。杨树的叶子在一个夜晚开始变黄，一年中最强大与无情的清扫由此肇始。这时候，我身体内的那种响声似乎断绝了。这让我欣喜若狂，也觉得，北方于我有一种无与伦比的恩泽。可在一个上午，我感冒了，浑身疼，我知道发烧了。此前在成都的两年内，我没有感冒过。开始想以狂喝开水克服，可没想到，感冒使我再度沦陷。实在没办法，去输液，同学黄闻声、牛红旗和高鹏程带我去，后来，杜怀超、严荣、李庆和、林汉筠、王彦山、贺颖、于德北、聂勒希顾等同学们轮流去对面的朝阳区中西医结合医院陪我一会儿，张芳、余红、向娟、刘雯、孙青瑜、李庆和、严荣、钟法权带着水果等吃的来，陈涛、蔡伟璇、姜东霞、赵殷、程静、项丽敏、霍君、李蛘、薛喜君、任海青、李舍也都电话询问或到房间。

这也是一种无与伦比的恩惠，是我苍凉内心里的荣耀。我不知道该如何致谢，但我知道铭记。感冒好后，我去东莞，又回成都。在家里，长期围剿我的失眠杳无踪影，睡得昏天黑地，不知南北。三天后，前妻和儿子锐锐送我到机场。安检前，狠狠地抱了抱他们，三个人扭作一团，儿子胳膊抱着我的脖子。

挥手时候，忽然落泪。

一下飞机，北京的冷兜头冲撞而来。当晚又失眠。站在凌晨的窗前，北京浩大喧哗。而我所在的地方，是多么安静。就要上床时候，忽然又一阵不舒服，继而是身体那种犹如闪电裂石的响声。我惊诧，继而恐惧，索性穿上衣服，打开房门，一个人趴在钢制的栏杆上，向人声寂寥的楼下看。

此后，趴在栏杆上成为我一个经常性动作。从这里，我看到许多房门，红色的，紧闭的。在五楼，我、王彦山、贺颖的房门大多数时候是敞开的。敞开即接纳，敞开即坦荡，敞开也可能是缺乏安全感，甚或它本身就预示着某种脆弱、不安。有一次，我正在栏杆上趴着神游。高鹏程从隔壁走出来，和我并排趴在栏杆上。他忽然对我说："要是从这里跳下去，该是怎么个样子？"我惊疑地看了看他说："兄弟，你怎么和我一样的想法？"确实，我无数次趴在栏杆上时想到坠落，想到一个人和他的命运。我也知道，每个人的内心都有暗伤和隐疾，尤其是写东西的人。上天给予我们敏锐的触觉，实质上也是惩罚。我宁愿是个傻子，只知道吃喝拉撒，只有本能，该多好！

我和鹏程是学习委员。开沙龙时候，一个同学回家，叮嘱我要录音。几乎每一次，她都在。我慢慢觉得，有些事情足以叫人安心的，有一些人，总是以你意想不到的方式让你感动甚至感激涕零。

时间真是无孔不入，销魂蚀骨，三个月很快过去了。我和鹏程商定，诗歌朗诵会后，在这里的一切都可以收官了。给鹏程长诗《流转》

做PPT时，我觉得惊异。鹏程的诗句感动了我，甚至让我有一种离别的悲伤，还有一种心碎的感觉。在每个人的心里，都蜿蜒着一条温暖之路，或者说是一束光，真实存在但无法接近，总是在照耀每个人。一个不以诗歌混世的人做诗歌朗诵会，其实是向诗歌致敬，向写诗和读诗的所有人致敬。诗歌如隐秘的江河，内心的星空，刀锋上的月亮，露水里的闪电，指尖上的针刺与灵魂中的泥瓦匠。诗歌盛大而幽微，诗歌通神又繁美，诗歌向上而尘埃。

"面对大河我无限惭愧/我年华虚度，空有一身疲倦。"海子的这几句诗，使我身心肃穆，悲从中来。在这个世界上，一个人所能做的，就是在时间中把生命浪费掉。惭愧不是瞬间，是人生常态，疲倦亦如是。诗歌朗诵会后，我觉得了一种前所未有的轻松，好像都卸掉了，好像都远去了，好像都镜花水月、沧海无踪了。当晚，我很早就躺下，才觉得眼睛干涩，腰和颈椎剧疼。我想睡时，身体内的那种异常响动再度来袭。我沮丧。我知道，有些东西是无法消除的。比如孤独，比如爱和恨，这似乎是每一个人的终生命题。就我个人而言，我更想在体内种植玫瑰，种植永存的香味、有纹路的流水与满山的青草绿树，而不只是闪电与雷霆、刀子和它凌迟之物，还有惨烈的地震与洪涝般的隐疾。或如茨维塔耶娃所说："我想和你一起生活在某个小镇，共享无尽的黄昏，和绵绵不绝的钟声。"尽管事实上这绝不可能。我在前段时间书写的一首诗中也如此悲怆地说："我曾向你伸出手，指尖上有火/曾向你提出过这一生该怎么度过/一个人如何才能把心安置在群山之中。"

地震记

2013年4月19日，我生日，四十岁。当天下午，和前妻、儿子在外吃饭，回到家时忽然刮起了风，很大，吹得树木和房屋呜呜响。我到成都近三年，这样的春天绝无仅有。只记得2011年夏天，一场暴雨，狂风大作，拔掉了府河边上几棵立场不坚定的树。以我短暂的成都居住经验，往年春天，成都总是阴沉，雾，冷，有时下雨，即使晴天，也总是白雾沉沉。太阳都快要发霉了。与以往不同，2013年的成都春天却来得极早，三月中旬，阳光兜头。本来葱郁的树木愈发光亮，花都开了，到处都游荡着香味。

儿子杨锐看动画片，洗澡，又看书。要我陪他睡。凌晨时分，我被一泡尿憋醒。上卫生间，转到主卧，继续蒙头大睡。再醒来，紧闭的窗帘被阳光渲染得灿烂辉煌。我还觉得瞌睡，就侧身继续。忽然听到一声闷响，似乎一颗炸弹在地底轰鸣，紧接着，床抖动起来，嘎吱嘎吱的。

再后来响声加剧，我下意识觉得那是楼体摇晃中发出的，类似一棵树快被锯倒时，树身因为不住摇晃而发出的那种声音。前妻在看手机新闻，说：别动！我说我根本没动啊！话音没落，她一个蹦子跳下床，光脚转到隔壁儿子房间。不一会儿，儿子提着一个书袋子，被前妻拉着走了过来。前妻大声说：快去卫生间！随即护着儿子，拉着我，进入卫生间。

这时候，我才明确知道是地震。我穿着三角裤，和儿子、前妻在卫生间待了一会儿，楼房还在剧烈摇动。儿子被我和前妻抱着，没动，后来又挣脱出来，拿出一本书，蹲在地上看。前妻伸手打开窗户，一阵风进来，天空仍旧是蓝的，太阳仍在慢条斯理持续加大热度。不晃了。前妻说：赶紧下楼！我牵着儿子，自己穿好衣服，又找来儿子衣服，帮他穿好后，转身提了包，拉上儿子就出门，连袜子都不穿了。

一家人沿楼梯下到一楼，再转到空地上，我脑袋还是蒙的，好像糊了的米粥。稍微清醒后想到的第一句话是：迟早要还的！紧接着第二句是：成都这地方应当不会发生大的地震。打开手机，先看微博，已有一些媒体在说四川雅安芦山县发生7.0级地震。遇到几个人，有的衣衫不整，有的神情泰然。儿子问我是几级地震，雅安距离这里多远。我说估计在七级以上，一百多公里。儿子掏出纸笔，在上面写下公式，说，就是7级地震。

对于地震，我所知甚少，也不知道如何测算。儿子能够写出公式，我以为是他们学校老师教过这方面的知识，但在惊慌之中，也没向儿子核实。等到确认没有危险了，一家人回家做饭吃饭。儿子跟一个朋友去双流看球赛，前妻要休息。我上了一会儿网，关注了一些芦山地震的消息，越坐越觉得心里惶恐，便叫前妻一起下楼。前妻非常镇静，为顺应我，背着包下楼，两人在小区内转了一圈，拍了几朵正在盛开的荷花，又看了看已经成形的桃子，还有正在发黄的枇杷。走到小区门口，救护车、警车等呼啸不断，沿着成雅高速飞奔而去。

　　我给在雅安的朋友李存刚、杨贤斌、何文、龙曳等人发了短信，他们没回。又电话李存刚，他说"没事，在忙"。在成都的吕虎平来电话，问我情况，我说没事，互嘱平安。去菜市场买菜，路上，见到的四川人都波澜不惊，大声聊天的也缄口不提早晨发生的地震。这使我觉得，经历了"5·12"汶川特大地震的成都人，对地震，似乎是麻木了，也可能真淡定了。我想起2011年和2012年在成都经历的两次微震。一次是凌晨，刚躺下，感觉晃了一下，像一件重物猛地撞了一下床。上网，发现已经有人在说地震了。再躺下，好长时间没睡，心里隐隐地跳着恐惧。2012年那次，好像也是春天或春夏之交，猛地震了一下，然后一切如常。

　　还没回到家，单位要开会，没进小区，就打车直奔地铁站。到单位办公楼，换衣服，上楼，正好赶上。地震发生十分钟后，救援部队分头出发。看微博，雅安及下辖的芦山、天全、宝兴等地已有人遇难和受伤，图片血色弥漫，触目惊心，令人心脏揪紧。我只想此时出发，去搬砖，去搜救。可必须服从命令。下午，打电话让前妻来单位这边。一是这边楼层低，二是这里是单位所在地。这两个想法，其实有些自私。相对于其他人，对亲人的担忧，可能是最迫切和深切的。家在13楼，地震时，人在上面，像高竿顶上的猴子，或者卡车空厢里放着的空铁桶。

　　前妻和儿子来到身边之后，心安定了一些。饭后，一家人在外面散步，又穿过文殊院，深夜了还坐在茶摊上。我原意是在户外待一个晚上，但不好意思对前妻明说。她胆大。她对我说，早上地震时，她跑到儿子房间，发现儿子提着书袋子和玩具，小猫般蹲在书桌下面，书袋子里装着作业、课外书和一个铝丝做的变形金刚。我笑了，也觉得，儿子在震时的表现是淡定的，与他的年龄不相符。更重要的是，他也没有恐惧地哭着喊爸爸妈妈。

忐忑不安地躺下，好久睡不着，担忧再有强震。警觉中，想起小时候，父母亲对我讲过他们在唐山和邢台大地震中的亲身经历。1966年3月8日5时29分，邢台地震的时候，母亲还没嫁给父亲，那晚，她住在大姨家，鸡叫三遍时被晃醒。还没跑出门，就听到房子嘎吱嘎吱地响，村里人喊，驴叫，狗乱窜，鸡用脚和嘴蹬啄窝板。全村人跑到一块大田地里，抱着孩子，扶着老人。黑夜中看不清表情，但那种氛围，惊恐倒在其次，主要是无助和绝望。天亮后，大雨如注，而且越下越大。先前耸立在山顶的石崖自行崩塌，乱石满坡狂奔。房子倒塌的声音，似乎几十块石头在打架而发出的。

1976年7月28日3时42分唐山大地震，也是凌晨，正是乡村最黑的时候，忽然一阵摇晃，山石乱滚，惊醒之后，母亲顺手扯了一个褥子，抱着三岁的我，直奔较为平坦的麦场，父亲去搀扶眼睛失明的爷爷。房子倒了，大雨连续下了五天五夜，下到最后，雨都是红色的了。父亲说，山都软了，脚一踩，人就陷了进去。河水涨得比村边山岭还高，洪水像山连续倾倒，向着下游直推而去。

越想越是惊惧。不敢睡，不想闭上眼睛。也觉得，这冥冥黑夜之中，总是潜藏着无数危险，尽管城市灯火如昼，可这些大地上的事物，对自然，对地球、宇宙，总是无能为力、必须敬畏的。况且，人及大地上的一切，无非自然的一部分或者衍生物，无非宇宙微粒、时间的碎屑。对这个世界，自然暗藏的力量，任何人都束手无策。我下意识拍了拍前妻和儿子，前妻也没睡，转身对我说：睡吧，没事，不会再有震级更大的地震了。可自己心里还是担忧。

次日，我替同事值班，忽然有到灾区的机会，便申请。确定之后，心里也忐忑。是的，我在担忧自己的安全。我发现，自从三十八岁以后，自己胆小许多，以前那种走遍河山、横刀江湖、啸聚山林的气概和梦想逐渐消隐，取而代之的是患得患失、瞻前顾后。有几次，前妻和前小姨子也说我到成都后变了很多。我一直不承认，坚持认为她们说的没有。而芦山地震当中，我似乎也觉察到了自己这一点。

收拾好行装，却接到电话说，临时有变动，暂时不去。我沮丧了一下，想起此刻的雅安，受难的人，慌乱的救援，现场的惨烈。按照自己性格，看到后，可能不顾一切地扑上去，哪怕弄得满身血污，泥浆中来去，甚至受伤——若是救人，我绝对会把自己当作神。

在成都三年，我先后去过四次雅安，两次到雅安市区。雅安那座城市，在同等地级城市当中算是比较小的，街道不长，还特别狭窄。但环境优雅、宁静，下起雨来，就有一种永在春天的味道。岷江边上，植被葱郁，喝茶聊天，或缓步行走，畅快惬意。蒙顶山全是茶树，有百年、千年的，上到半山腰，口鼻充满清新的茶香，空气沁人心脾。传说中的茶祖吴理真旧居，虽是翻修，可也古意盎然、充满仙气。当地人说，谁要是打开旁边的水井盖子，马上就下雨。还有传说，曾有龙王之女，时常经由那口千年水井，与吴理真相会。碧峰峡幽静深邃，有一条小径，从瀑布分溅的河底向上蜿蜒，两边草木丰腴，飞瀑流水众多，鸟鸣如在耳中弹琴。峡谷深处，还有熊猫基地。人在其中攀缘，如回到原始社会，如遁世隐居。

也先后两次去天全。一次是深夜，喝多了，和存刚、贤斌、何文、龙叟一起。到了又喝了一顿酒。第二次去，朋友带我去了茶马古道旧址，还在县城西街的老房子里吃了一种有意思的小吃。路上，看到飞仙关、禁门关等地名，忽然想起，在隋唐时期，章仇兼琼、崔宁、李德裕等人曾在这里与南诏和吐蕃作战，并都以胜利告终。在二郎山下一个村庄，看到几个男孩子在河塘里玩水。旁边，有两个小女孩，穿着花裙子洗衣服。河水哗哗，敲着正午的村庄以及村庄前后的高大树枝与柔韧青草，让我觉得，二郎山下该是隐居的最佳选择。

而现在，这一切都不再那么平静和美好了，虽然依旧阳光正好，即使在成都，我也能感觉到那种灾难的阴霾，似乎是一团带钩子的绳索，从天空下垂，伸向那里的每一个人。得知李存刚等朋友安全后，我脑子里还经常出现几个图景：蒙顶山上那些卖茶叶的妇女，雅安城中穿短裙的女子，碧峰峡那些抱着竹子啃得吱吱有声的熊猫，天全县的茶马古道、老建筑，青衣江中戏水的儿童和浣衣的女孩。我还想，他们此刻好不好？有没有蒙难、受伤、失去亲人？

人总是跟自己亲近的和谋过面的人发生一种无形的情感联系，也总是在某些时候将那些此生仅有的场景和人放在记忆深处。看报道，一些人被搜救出来，一些人在危难中为自己的亲人做出超乎寻常的举动。我觉得，这是真正的爱与悲悯。对于普通人来说，我们手能伸向的，也只能是亲人；心里装下并珍视的，也只能是身边人。

连续几天，我在惊惧地震再一次突如其来与微博关注救灾现场中度过，虽没有做什么，但浑身酸疼，虽没有付出什么，可总觉得自己也丢了什么。偶然看到"捐款"二字，才猛然想起这一次灾难后，必定有很多人捐款。不由得想起"5·12"汶川特大地震，那时候，从电视画面看到汶川、北川、都江堰、成都主城等地的境况，眼泪飞奔而出，捐款，心里就剩下这一个词。很多人，自发地捐款，我没有看到一丝不快，反而都神情凝重，满面悲戚地把钱放在募捐箱里，转身离开。曾经有一个朋友，一激动，把自己所有积蓄都捐了出去。我母亲远在南太行乡村，事后，她电话说，她刚开始捐了一百，过了两天又捐了一百。我知道，她平时买鞋子不超过二十块，每次庙会上，吃一碗凉粉都要犹豫半天。

新闻说，芦山地震已有196人遇难，伤者万余。我心疼了一下，也想到那些被灾难损坏身体的人，他们是不幸的，如同我的不幸。四川方言，总是把"很""厉害"等说成"凶"，看到有句话说："老天对我太凶了！"

4月25日，余震持续，最大5.2级，宜宾及新疆、内蒙古等地连续发生3次。在成都市区，我还是有些恐慌，时常感觉自己的身体在被摇晃，躺在床上好像漂在水面，左倾右斜。有时候眼前还出现大地突然间轰响、城市倾塌的惨烈与可怕景象。我知道我还是很害怕。我也知道自己在灾难面前显得懦弱，可这也是人所共有的吧。

可人还应有一种更博大的情怀，或者愿想，如英国诗人约翰·多恩诗句所说："没有人是一座孤岛/可以自全/每个人都是大陆的一片/整体的一部分/如果海水冲掉一块/欧洲就减小/如同一个海岬失掉一角/如同你的朋友或者你自己的领地失掉一块/任何人的死亡都是我的损失/因为我是人类的一员/因此/不要问丧钟为谁而鸣/它就是为你敲响。"蕾切尔·卡逊在《寂静的春天》中也说："当人类向着他所宣告的征服大自然的目标前进时，他已写下了一部令人痛心的破坏大自然的记录，这种破坏不仅仅直接危害了人们所居住的大地，而且也危害了与人类共享大自然的其他生命。"

或许我们身边不缺乏清醒者，最缺乏的是愿意清醒者。或许这一次地震，之后的一年或者两年，一切又如往常。

现在，余震不仅时常蠢动于身下，也横行在内心。作为一个普通人，我所能做的，只是护家人平安，倘若能够去灾区尽力，我觉得那是我的另一份荣耀。我相信，个人或家庭，看起来独立存在，事实上，一座城市、一个地域乃至整个世界中，每个人都是缺一不可、和他人相互依存的。

这不是什么大境界，而是能不能活下去的大问题。如同蕾切尔·卡逊所说："地球上生命的历史一直是生物及其周围环境相互作用的历史。"

10天过去了，对于地震，我还惶恐，尤其是夜晚，看着满城华灯，还总觉得有一种危险在暗处潜藏，随时都会狂奔而来。等到天放亮，听到鸟鸣和叫春的猫仍旧肆无忌惮，才再一次安下心来。

每一个黎明时分

穿衣，要是夏天，几下就好了，冬季麻烦一些。衣服既是文明的标志，也是人之社会身份的体现。当一个衣冠楚楚或者雍容华贵的人忽然去掉衣装，一丝不挂地走在大街上，晃悠在眼前，围观之人在起初的新鲜之后，肯定是一种无与伦比的厌烦。衣饰构成了人的基本尊严，它一方面给予了其他人神秘感，又使得人和人，尤其是异性之间有了可以抵挡与防守的"疆域"和"界限"。

而我要说的不是这个，而是黎明时分。

博尔赫斯写道："不出所料，奇迹一般/俯冲的黎明/会从心灵到心灵，滚滚而来。"在这首诗歌当中，博尔赫斯写的是黎明时分的港口。而对于我来说，成年后的黎明一般是在学校或军队度过。说起来惭愧，虽然是农民后代，可我从小就不热爱劳动。当然，这里所说的"劳动"

只限于如我父母一般面朝黄土背朝天的劳动，而人的一切思维、肢体行为都是劳动，如长途旅行、伏案写作、面壁诵经、长篇大论地演讲、一本正经地开会，甚至做家务、网络聊天等。劳动是人之所以为人的本质属性。

"肉身多么美好啊！"这是我时常的感慨，洗澡时候，面对心爱之人的裸体，忽然看到妖冶的其他异性的时候，等等，我就会从内心发出如此的赞叹。也始终觉得，肉身使我们呈现出人之为人的骄傲，也使我们蓄满了创造的动力、快乐的原浆，还是灵魂的通道。

在乡村，黎明时分常常被定义和限定为鸡叫三遍至太阳升起这一时间段。老人们说，太阳升起之前为黑夜最黑的时候。这时候，夜间的动物要及时返回，尤其是惧怕日光的。在我记忆中，在乡村，每次早起是去读书，少数的是跟随父母去田地劳动。正睡得香甜，肉身和精神在此时放下全部武装，沉浸在类似死亡的境界当中。当然，每一次醒来，都有一种重生的新鲜感觉。起床就下地劳动，简直是对人的一种酷刑。我常常装着叫不醒。

屁股上挨一巴掌，才哼哼唧唧地说马上起来。可眼睛还没有睁开，不到一秒钟，又呼呼睡去。直到母亲拿着扫帚连续打屁股，才没好气地坐起穿衣。

农忙通常在春、夏、秋三季。人在大地上劳作，为的是收获那么一点肉眼可见的粮食，所做的，都不过是"为稻粱谋"，勉强糊口而已，再就是穿得暖和一些。在这三个季节当中，泥土和草木收集了夜间汗水，形成无数晶莹而冰冷的露珠，其中包括不知名的夜间生物的体液、泪水，还有天与地在隐秘时刻的黏液。一出门，就会打湿裤脚，沁骨地凉。尤其秋天，玉米叶子长而宽大，蹲在上面的露水更多，人稍微一动就会浇到手臂，沿着袖口进入胳膊，然后到腰间。农民是大地的一部分，类似庄稼、岩石、草木，甚至尘土、虫蚁。我们都是苍天与大地的直接受惠者。而在上学路上，因为是行车马路，宽阔而光洁，尽管可以感觉到附近山坡和田地里浓郁的水意，但离肉身还有一段距离，因此感觉还是不怎么寒冷的。

如此多年后，我远赴外省，中国西北部的巴丹吉林沙漠。军旅生活最典型的标志是早上出操，早上的杨树林里，乌鸦被我们响亮的口号和脚步声惊醒，喳喳乱叫，翩翩低飞。

当红日在东边地平线上英雄般腾空而起，我们已经洗漱完毕，开始了崭新一天的紧张生活。如此多年后，黎明渐渐变得不再令人紧张，除非是出差或者紧急的情况。沙漠的黎明时分，总是充斥着无边的凉意和冷凝，风中蕴含的，都是旷野的消息。有几次，我在黑暗的黎明步行到乘车点，路上没有一个人，短袖在那个时候已经阻止不了身体"词不达意"的哆嗦和鸡皮疙瘩。而不远处的机场，剧烈的轰鸣后，是呼啸而起的战鹰直冲霄汉。

那里是巴丹吉林沙漠。

辽阔、神秘、巨大、荒芜，天空幽深如井，王维在距此不远的居延海边写下"大漠孤烟直，长河落日圆""居延城外猎天骄，白草连天野火烧"。怅茫、深切、古远、幽邃，难怪此地在史上为乌孙、月氏、匈奴故地。游牧民族的弯刀、月亮，奔腾的马蹄与嗜血的战斗……多年之后，一切都会成为传奇和乌有，包括我们和后来者。

站在黎明的戈壁边缘眺望，远处的黑，混沌、无尽，大有大无，继而徐徐展现的晨曦，像是一个巨大而空旷的梦境，一再映射人类的宿命。我曾经也在此写诗说："最好的骑士，修完烽燧/把自己刻进了荒凉。他的妻子/必是当地土著，只是她的祖上也来自幽州或者反向的边疆/尘烟里的白杨树，与弱水河私通/月夜的红狐，在沙棘丛中被寂静划伤/这也是人类的黎明啊，开车去向深处的人/他们的背影，让我想起于最黑夜的地方/以及失踪的冒险家，诗人的长须上，总是结满帝国的白霜……"

再些年，我的第一个儿子大了，开始上学。我以为，人之初的辛苦难以想象，也是其融入人群和社会的必经之路。黎明即起，我在朦胧中穿好衣服。他清醒之后，自己洗漱，吃东西，背起书包，开门，一头扎进黎明。对孩子，我总是怕他有什么闪失，哪怕是几百米的距离，也要亲自把他送到，交给老师，方才安心。

人对自己后代的爱，是最炽烈的。有时候，我早早起来送儿子上学。如此几年后，儿子已经能够独立上下学。但我还是担心，尤其是冬天的傍晚，倘若他没有按时间回来，心就有些慌乱，忍不住下楼去接他。有时候接在半路，有时候到学校找到。

偶然一个机会，我调到成都，儿子也跟着过来了。新的学校，儿子自然不适应。每天黎明，我都送他去上学。父子两个，出大门，手拉着手，一直到学校门口。他读初中之后，每次都是黎明，我早点起来，做好早餐，和他一起吃，然后一次一次地扑进黎明。把他送到学校，我再去单位上班。如此几年，我觉得了生活的麻烦，但更觉得了父子之间那种无与伦比的亲情。

有几次，华灯已经覆盖了整座城市，车辆的奔行比白昼时更为凶猛。儿子还没回来，时间久了，忍不住担心，胡思乱想。总觉得这个世界上，存在着诸多的不安、不测，心慌意乱至极。慌慌张张地跑到公交站找他。很多时候，公交车来了一辆，不见儿子，又来一辆，还不见儿子。我心慌得就要摔倒，一次次安慰自己说：没事的，儿子肯定因为别的事耽误了。

大多数时候，我可以毫无悬念地接到他，尽管他总是会因为在学校的一些事儿回家晚了。有几次，在车站，实在找不到儿子，心如火焚一般回家，到门口，却见儿子正蹲在墙根看书。那一刻，我心跳加速，血液沸腾，上前抱住他，拍拍他的后背，心情如雨后彩虹般绚烂、明媚。开门，给儿子换鞋，替他放好书包，给他盛饭，看着他吃，然后让他去休息一会儿，自己收拾碗筷、洗刷。我觉得了一种巨大的幸福。作为普通人，我们所有的安慰可能只来自血亲之人。

现在，儿子长大了，长时间住校。起初，我有些不习惯，忍不住去他住过的房间看，喊他的小名。然后才想起，儿子已经在绵阳读高中了。一个人坐下来，不禁怅然若失。

地处华北的南太行乡村，黎明是清亮的，但又是寡淡的。丰盛的那些，则是大人们踩着露水与霜雪的早起劳作，还有各家各户重复而又艰难的生活日常。巴丹吉林沙漠的黎明则有些莽苍、博大与神秘，戈壁内外，季候之中，每一个黎明都是那么旷达与精密。成都的黎明始终气息温润，还有诸多的嘈杂和陌生。雾霾也无孔不入，强悍，具有相当的密度。倘若遇到好的天气，那种感觉，果真如艾略特《花朵在黎明》之诗句："今晨的花盛放，昨天的花也曾盛放/晨光熹微，房间里飘过了芳香/花色正浓的芬芳、花事阑珊的芬芳/新鲜的花，枯萎的花，花朵在黎明。"

这些年来，我习惯了一个人出行。黎明起来，忙乱一番，打车到机场。我住的地方距离双流机场很近，以至于很多出租车司机都不愿意接送，嫌路途太短了，挣不了我几个钱。

　　往往，车子在黎明奔行，再黑的颜色，也被各种灯饰分割出一小片光明。城市显然是对乡村和自然的"反动"。我坐在后排座位，看手机，或者看窗外。哦，那一栋栋楼房中，究竟有多少人居住？此时此刻，他们都在做些什么？安恬的睡眠，轻声的梦呓，或者是床上的密语，叮当作响的早餐，抑或孤独的叹息，疼痛的呻吟。

　　黎明在城市，也被各种各样的人声充斥塞满。可是我们都是孤立的，远不如乡村的草木和戈壁荒漠的沙砾……当飞机斜着身子，如一只奇怪的大鸟一般飞起后，我俯瞰城市，黎明的灯火使得它柔媚多姿，一切都小了，模糊了，而在大片云层之上，阳光干净而凛冽，充满了一如既往的生机，在云朵上，建造了一座又一座的美妙宫殿。哦，我想这就是理想与现实、天庭与人间的区别吧。

　　哦，黎明。

自我的安居与引渡

春天是一个愉悦和疼痛交替发生的季节，而在成都，还是一个湿冷入骨、令人焦躁的季节。我从南太行老家乘坐高铁返回，想起不久之前的春节，内心不由泛起一阵惊悚。对于每一个中年人而言，每过一个春节，就是一次发生于生命深处和灵魂要害的地震。这使我愈来愈感觉到，人生之根本形态是孤独的，越活越少的。当我离开，母亲和弟弟一家依旧重复过去的岁月和基本的人生姿势。唯一不同的，是我们都长了一岁。

在这个世界上，最幸福的人生便是，年少时候，我们走得丰富多彩，哪怕苦难一点，但前方的微光中依旧有春色在等候。可惜，人到中年之后，所谓的未来只是越来越寡淡的宿命和它招摇不定的旗幡。

大年初三夜里，无意中，我看到了命运的无法更改，也看到了人在某些时候的决绝、个人自戕式的苦难。一场理论之后，我又做了妥协。我觉得了深深的绝望，同时也有了迫使自己再生的信心。我知道，这一次是彻底断绝了的。一个男人和一个女人，婚姻多年之后，倘若一方心如快刀，那么，崩裂便是必然的了。

我乘坐的高铁由北而南，再向西北。路过咸阳的时候，我又觉得惆怅。从这里，有条道路向西，到天水、陇西、兰州，过黄河和乌鞘岭，就是祁连山下的河西走廊。从十八岁第一次出门远行开始，就一头扎进了河西走廊以北的阿拉善台地。那里是著名的巴丹吉林沙漠西部边缘，在那里，我整日与军旗和战鹰为伴。许多年后，我在尘土弥漫的营盘与人结婚生子。十八年的大漠军旅生活，自觉好像一棵树，从开始的无端迁徙到持续扎根，其间的过程琐碎、美好，也痛苦和曲折。但我觉得，尘世的幸福莫过于此，即一家人一起，哪怕吵吵闹闹，偶尔有些小矛盾、小冲突，而后相视一笑，置之脑后。

然而，越是看起来鲜艳、璀璨、美好的东西，越是不持久，比昙花一现更令人措手不及和伤感。

从这里开始，向西南方向，过大巴山、广元、江油之后，就是成都平原。2010年，我由西北调到西南，脱离了"瀚海阑干百丈冰"的大漠戈壁，进入繁华异常的城市，这也算是一种人生转变。西北的荒芜与天高地远，使得我的青春岁月也是单调的，除了内心的刚硬，生命和世俗的历练，其他的便是按部就班，顺其自然。

高铁穿山越岭，六个小时之后，进入成都。在东站下车，成都的冷迅速代替了我身上的北方残雪气息。到家，收拾，看不见的众多黑灰在房间里密集又安静。洗澡，洗衣服，睡下。我忽然想到，人的迁徙与暂居都是一件奇妙的事情，有些过程和改变，自己都措手不及，且根本无法掌控。

翌日，成都的阴霾逐渐打开。我继续约了链家公司的小妹，又开始了一个小区一个小区地看房子。是的，我把之前的房子给了前妻。这些年来，成都越来越大。20世纪末和21世纪初，中国城市的膨胀速度，与人们的各种欲望成正比。成都比我九年前来的时候似乎又大了一倍甚至几倍的面积。新建的各种小区，高档的，一般的，孤悬于外的，连片成区的，一幢幢，一堆堆，使人晕头转向。我起初想，哪有这么多人住啊？可没有想到，就连距离市区30公里外的一些地区，小区内也有人居住了，周边的配套设施迅速建成。

看房子的累，是无法形容的，选房子的纠结与矛盾，也是难以言表的。跑累了，最终在距离原小区不远的地方选中一套。而这个选中，却不是因为我一个人的眼力与决心。人和人之间，最好的事情就是互助合作。接下来的就是每天不间断地跑，到房管局，交、填各种资料和证明。好不容易办妥，忽然觉得悲哀，如此一天天辛苦与用心，买来的不过是悬在空中的巢穴和一大堆的债务！哦，不过一百多平安放身心的水泥钢筋铁屋，值得吗？不由得哑然失笑。所谓容身于城市，不过是一种有些投机取巧地靠近各种便利的行为，也不过是靠近或置身现代文明的一种不自量力的纵身一跃。

因为是二手房，在很长一段时间内，我不断问价、砍价，重新做一次装修。人们对他人住过的房子或者用过的物品，总怀着强烈的质疑、疑惧心理。我也是，遂决定拆掉以前的一切，然后重新规划，贴墙布、铺地砖，再换上新的家具和用品，从床、马桶到拖鞋，无一不是"自己的"。

可这些真的是自己的吗？有时候，看着崭新的房间不由恍惚，哑然失笑。

去单位上班，做各种杂事；也到其他的地方去，为了某种所谓的理想。到了近五十岁的年纪，所有"高大上"的东西，在具体琐碎的生活当中，大抵都是附加品。比如文学创作，这种个人性极强的精神运动，一方面取决于天赋及后天的磨炼和参悟，包括某种时候的混沌、莽苍与豁然一亮；另一方面则取决于从业者对现实物象乃至创作对象的截取、探求之智慧与力量。

我们的一切精神力量皆来源于对生命的珍视与不妥协，来自现实肉身和精神的创伤与厄难，来自对个体困境乃至群体痛楚的洞彻、同情、理解，当然还有破解与赋予。在装修房子的同时，我的抑郁症也无可救药了，仿佛每天都游走在死亡的边缘——强烈的心悸、头晕、四肢发软不能站立、忽然眼前黑暗、犹如溺水的绝望、不安与恐惧，它们残酷地围困我，杀戮我。最终，只能听从一位同病相怜者的一再劝告，到华西住院。次日吃药后，昏睡两天，渐渐觉得了好转。身体，这丰饶而又孤单的容器。

半个月后，出院，继续服药。

疾病、情感和精神的困厄、疼痛是这个世界上人类最不具分享性的经验。在医院的门槛被我踏破之后，几位医生朋友为我带来了福音，古老的中医和中药使我勉强度过了最危险的时刻。她们的善良，尤其是对我这个与她们实质上并无关联人的尽心与付出，使我觉得善心和善行应当是我们每一个人在世俗生活中的一种宗旨和主题。我也变得特别低调和谦卑，在任何事情上，都失去了争和抢的基本动力。也无端地相信命运或者说宿命论。

爱恨之间，只要爱和宽恕就足够了。在路上，遇到老人和孩子，我会笑，给他们让路；在地铁站，能帮人提包或者背东西，我觉得很开心。

我也发现，最好的人生，其实是独善己身之后兼顾他人，倘若能够再为其他人做些事情，令他们感到开心和满足，那将是最美好的。这种思想，其实与儒释道及其他宗教和正统的人生教育所传达的思想是一致的。以前不觉得，现在觉悟，对我来说，似乎还不晚。尽管，事实上我根本做不了什么，但有一颗博大而慈悲的心，当是美好的。

成都的冬天没有任何缓冲，几场雨后，冷就轰然而至。这像极了人生的某种际遇，一切都是在不期然之间降临和完成的。房子装修好了，让它在冷风中兀自敞开。我继续在单位和外地之间奔波，挤出时间写一些东西，诗歌、散文和评论之类。当我们觉得手脚冰冷，在电脑前无法较长时间安坐的时候，又一年的时光将要走到终点。时间这个齿轮锋利的机器，压榨和粉碎的都是物质。每每夜里，我会忽然想自己近段时间应当做什么事，完成什么工作了。这不是任务，但是人生要素及俗世要义。比如真切的爱、再造与融合，尽管前方一切都永远不确定，但我必须奋不顾身，像必需的一场冒险，更像是一次因循守旧的泅渡。

人生之所以称为人生，就是因为它充满了各种变革，甚至扑朔迷离与戛然而止。

需要说的是，这种疑似自我安居和引渡的生活，是从2016年春天开始的。一个只身在外的男人，失去了婚姻家庭，一切当然都得重新开始，尤其对于我这样的，出身农村，寄身于天南地北的农民子弟。

临近春节的空旷

春节前一天，往日繁忙不堪、到处严重拥堵的道路突然空旷，城市顿时安静。很多人已经回家过年去了。我也想回家过年，可我是外省人，回家没有本省人那么方便。回家方便，我觉得是诸多人涌向本省省会城市的一个根本动力，一方面可以享受到在大城市的便利乃至各种机遇，另一方面又不用担心距离自己的故乡亲人太远。我也曾这样梦想过，到故乡的省会或者就近的城市工作和生活，但命运让我不断更换地方，而且，每一个地方都距离家乡很远。之前在巴丹吉林沙漠，现在则到了西南的大城市成都。无论是西北还是西南，都远离我的华北故乡。

人和车辆的少，使得道路空前宽阔。这些年来，无论城市乡野，所有的道路都越来越宽，也越来越平整和遥远。道路是为诸多的车辆而设置的，车辆这个机动性更强和动力更大的机器，使得我们所在的这个世界越来越"小",我们的生活越来越迅捷、越来越便利,更何况还有飞机和高铁,甚至可以预测,在可预期的未来,宇宙旅行可能变为极为真切的现实。但不可否认,快速带来的问题也显而易见。在当代生活中,所有已经显现的"征象"已经表明,我们所在的这个星球和"人类的生活"越来越像是某种"程序",而且是预先设定的。这背后的"编程者"和"实施者"至今不曾露出他们尊贵而神秘的面孔。而进入人的内部的,大致是无孔不入的信息。手机终端越来越普及,暗示着原来还有些隐秘的人和"人的事情"已经无可回避地"透明化"了。我和你以及他,远处的和近处的,公共的和隐私的,应当的和不应当的,都进入了一个毫无遮掩,也不可能遮掩和隐藏的年代。我以为这是一个悲剧,而且越来越悲怆。

这是2022年大年初二,我在成都度过的第四个春节。往年,我总是要离开城市的,尤其是春节,这个节日仿佛在强力召唤,发自内心和灵魂,源自古老的文化传统和习俗。亲人们聚在一起,重要的是"此时我在"和"我们在一起"。至于其中的内容,诸多的习俗、禁忌和仪式,还是有很多差异的。比如南方和北方,富裕人家和穷困人家,农村和城镇,知识分子和农民,等等。而喜庆、怀旧,家常之中当然也有困惑与纠结,甚至矛盾冲突。人和人,其实就是矛盾的复合体,在春节,一方面想融入亲情之中,另一方面,又会因为各种不同的情况而变得近乡情更怯,或者欲言又止和各怀心思。

除夕和大年初一、初二,散步途中,我总是看到一些人拉着装满自己全部家当的大皮箱,在车辆急剧减少的街道一侧行走。有些女孩子,口罩和围巾几乎包住了整个脸部,唯有或黄或黑的头发和白皙的额头暴露在他人的目光中,当然,还有或窈窕或丰满的身影。有几个男的，倒是敞开着脸部，拉皮箱的手也显得粗大，他们脸色阴郁，衣裤上还有一些油漆的斑点或者其他什么污垢。每次看到这些人，我就有些心疼，也忍不住想，"阖家团圆"这个词显然是一个大词，空洞的词，就像其他所有寓意美好的词汇和诗句一样，它们的广度、深度和精度都是可疑的，如"新年新气象""春风得意马蹄疾""万象更新""万家同庆""世界美好""普天同庆"之类，它们只能代表一部分或者绝大部分，总是有一些人、事、物游离于外，甚至背道而驰，呈现出另一个极端或者不和谐的景象。

他们要去哪里？为什么在此刻离开先前的房屋，更换自己的栖身之地？他们是谁？有着怎样的出身和生存背景？更重要的是，他们此刻要去哪里？那里会比这里更好吗？如此一连串的想法，让我突然有些伤感。在这个世界上，其实每一个人都在流浪。看起来居有定所的，他们的内心也在流浪。就像我，在春节期间，总是想起少年和成年后回到故乡过春节的那些情景。父亲还在世的时候，除夕那天，和他一起贴对联，劈柴，烧火。要是恰逢下了大雪，也会和他一起扫雪。大年初一早上，南太行乡村人有早起的习惯，为的是"起得早"的美好寓意，迎合的是数千年来形成的春节美好的文化传统。凌晨三四点钟，我和弟弟跟着父亲，先去向自己的爷爷奶奶磕头拜年，然后再按照顺序，逐一给村里的长辈磕头拜年。要是辈分和年纪比父亲小的，父亲就在人家屋外等，我和弟弟去。

父亲去世后，每次回老家过年，就是我和弟弟带着各自的儿子，先去给母亲磕头拜年，之后再去村里给其他长辈磕头拜年。一个不可忽略的事实是，在时间流逝之中，村里和父亲同辈分的人基本上都已去世。时间的镰刀割韭菜一般，每时每刻都要收走一些人。我不回家过年的时候，总是打电话给弟弟，让他把家里的事情安排好，带着孩子，早点去给亲戚们拜年，大年初一早点起来，带着他的孩子们去给村里的长辈磕头拜年。今年也是如此。但近些年来，故乡大年初一早起的传统已经被打破，再没有人像我们小时候那样，不睡觉以"守岁"，即使困得睁不开眼睛，也不愿意脱衣服钻进被窝。那时的我们即便是脱衣服睡觉了，也一次次地惊醒，看看窗台上的"马蹄表"，只要到了凌晨三点，就穿好衣服，起床燃放烟花爆竹了。

时代的发展从根本上改变了人们的习惯，持续了数千年的春节文化传统，我们这一代人见证了它的"衰败"过程，现在的孩子也不像我们小时候那般热衷于过年了，物质的丰足使得每个人都觉得一生都会如此，好多物质都是唾手可得的。这当然也是一种假象，一种心理或者思维的惯性。而世界和人类生活的真相绝非如此而已。就像这2022年春节，"新冠"依旧使很多人内心凄惶，最亲的人甚至未能团聚。当然，传染病并非人类所愿。在可能的传染面前，自觉地规避，是一种美德。

永远不会拥挤的是自己的内心，而且，随着年龄的增长，个人的内心可能会越来越空旷。空旷，并非冷漠无情，而是情有所属，心有专向。这空旷的底色是博大，所思想的，所祈愿、祝福和渴望的，是更多人的好。是放下，是宽恕，是随和，是自然，是我非我，我即人类。就像这春节期间的成都，街道空旷的另一面，是诸多的人回到了自己的故乡，和他们的亲人在一起。我们一家尽管身在异乡，可从根本上说，深厚宽广的大地，容纳自己的，便是故乡，更要感恩。大年初二，带着儿子可可在街边溜达，蓦然看到一枝枯干的树杈上居然盛放着一朵海棠花。我惊异、欣喜，那一瞬间，只觉得阴着的天空豁然明亮了很多，也觉得，再寥落的地方，也会有鲜艳而热烈的存在。

文殊院内外

　　从对面走过来，不过三百米，就是文殊院了。2010年刚来成都时，几乎每天都要看到和路过。那时候，好奇于这样的一条街，僧俗杂糅，一边是澄明清净的佛陀之地，一边是烟熏火燎的世俗场所，如张二洞凉粉铺、煤炭招待所、龙抄手饭店等，还有售卖佛家法器、四川特产之所，更多的则是公墓办事处、丧葬用品店和茶楼、餐馆等。这种情景，我之前没有看到过，神圣之地与凡俗人间混淆，生与死的界限在此也似乎变得模糊。这显然不是一个平凡之地，它给人的感觉，似乎是混沌的。每一个在此穿行和游览的人，其实都进入了一种特殊的境地。但这种境地不是每个人都可以品味和体悟的。文殊院有两座寺庙，一为文殊院，二为空林庵，再一边，还有一座爱道堂。它的对面，有生意一直很火的张二洞凉粉铺，食客总要排长长的队，挤在一间小屋里吃钟水饺、酸辣粉、甜水面等四川小吃。文殊院的另一侧有一家宫廷糕点店，买的人什么时候都多。旁边开了同样的几家糕点店，门可罗雀，眼看着隔壁人如长龙，自家门前则空荡如洗。

据说文殊院是蜀王杨秀所建，《隋书·卷十·文四子》："秀有胆气，容貌瑰伟，美须髯，多武艺，甚为朝臣所惮。上每谓献皇后曰：'秀必以恶终。我在当无虑，至兄弟必反。'"杨秀在成都为王，为其一出家修行的妃子修建信相寺，寺后荒废，也曾毁于战火，康熙年间有慈笃禅师至此结庐清修，而后重建，更名为文殊院。

夏天的成都溽热难耐，空气黏人。有一次，我带着做完作业的大儿子杨锐，于日暮时分进入文殊院，原意是随便溜达，却没想到，双脚刚踏进庙，就觉得一阵凉爽。寺内寺外，俨然两重天地，不觉惊异。此后，一有闲空，我便和锐锐到文殊院内。那时候，他才十岁，尤其喜欢蹲在放生池旁边看池中的乌龟、金鱼、蟾蜍等。放生池四周，树木参天，到处都是丰密的青草。我则坐在亭子里，给他拍照或者玩手机。夜幕降临的时候，方才沿着树木森然的后院小路行走一圈，出庙回家。

还有一些时候，我一个人去庙里溜达，不参拜，不诵经，也不念佛号，倒是很喜欢文殊菩萨殿门上的一副对联："见了便做，做了便放下，了了有何不了；慧生于觉，觉生于自在，生生还是无生。"

佛家对世间万物本质的认知和判断，是一种无上的智慧。当然，在"空"的对面，却站着人间的繁杂与无限"色相"，正如文殊院内外的情景，僧俗无间，生死混淆，参拜者、游览者，一切都是痕迹，也都会沦为虚无。

连续五年时间，我罹患了不明病症。有一次，正是炎夏，我到文殊院坐了一会儿。僧侣们在诵经，声音使得整个禅院更加清幽。人虽然多，可很多人都被那种庄严而又深邃的诵经声打动了，没有人喧哗，有些干脆安静地站在原地，双手合十，垂首恭听。我坐在一边的廊柱下，潮湿的石头从地下把泥土中的黑暗和凉意丝丝缕缕地传送到我的身体，以至于我有些安静。我周身不适，身体软得像一团泥巴，甚至就像影视剧中演的那样，被某种毒物侵蚀，将顷刻之间骨肉尽销，化为一团血水。我莫名惊恐，总觉得自己瞬间就会死去。

越是惶恐，病情越是严重。出了文殊院，往回走的时候，居然走不动路。我又是一个天生爱面子的人，不愿意扶墙。文殊院的红墙巨大、蜿蜒。走到一个摆摊算命的老者面前，他坐着一个小马扎，另一个给来找他算命的人坐。当时，他没有顾客，我急忙坐下来，佯装请他算命。我口中所说，完全不由自己。事后，只记得自己请他给我看看面相，还记得他说很好之类的。我笑笑，掏出20元钱给他，想离开，努力想站起来，可身体毫无气力。我恐慌，却还要佯装镇定，为了多坐一会儿，又让他给我测八字。至于他说了一些什么，我一概没记住。

当勉强能够站起来，我立即叫了一辆车，直接到骡马市青龙街的成都市第三人民医院，看诊时直接要求医生为我办理住院手续。我当时想，只要在医院，不管发生什么紧急事情，任何时候都有医生和护士在，心里就会觉得安全些。这家医院我来过多次，第一次是来治疗胃病，只是看了医生，拿了药物，这一次却直接要求住了进去。所幸，当时神经内科还有床位。一连七天的治疗没有任何效果，我又转到成都中医药大学附属医院，确诊为抑郁症。在此之前，我曾去过华西医院心理卫生中心。这一次到省中医院，一个很漂亮的女医生让我做了一个单腿独立的动作之后，又让做双臂平直前伸、双脚一字站立的动作，我摇摇晃晃，站立不稳。至此，我才相信自己患了抑郁症。然后在极端的躯体反应和焦虑恐惧之中，开始了漫长、残酷的抑郁症求治之路。

慢慢地，我也理解了，很多时候人的病症其实是情志出了问题。《黄帝内经》中说："心者，君主之官也，神明出焉。"按照中医的说法，人的诸多疾病的起源，都是情绪问题。在中医看来，人体是一个类似宇宙博大而精密的存在。

我开始频繁地去文殊院，在佛堂里静坐，感受那种阴凉和清静，聆听僧侣们在傍晚时分的集体诵经声，从中感受佛家的智慧，渐渐地明白了《金刚经》当中的"过去心不可得，现在心不可得，未来心不可得""我相即是非相，人相、众生相、寿者相，即是非相""一切有为法，如梦幻泡影，如露亦如电，应作如是观"。抑郁症的根本原因，在于自我虚妄的执着，以为一切都是真的，我即我，我的就是我的。而本质上，这世界上的一切，看起来与一个人相关，但每个人都在做各自的事情，不论是造业还是修德、开悟或者浑噩、自在或者拘束，一切的存在，甚至自我的诸般拥有，终究不过"如梦幻泡影，如露亦如电"，只是刹那，短暂一瞬而已。真正的觉悟者，"应如是生清净心，不应住色生心，不应住声香味触法生心，应无所住而生其心"。

更多的时候，我一个人坐在文殊院的茶楼或者街边小摊上喝茶，看着来来往往的行人和车辆，心里这样那样地想。其中有一家茶馆自己制作了一款川红茶，味道还好，但不够持久，我经常去喝上一杯。有外地的朋友来了，我也在文殊院一带请他们吃饭。有一年清明节的夜里，我在文殊院买了一些冥币和黄表纸，跟着其他人在庙墙外点着，心里想着父亲，说这是我在成都烧给他的。当时还冷，一阵风吹来，我擦掉脸上的泪水，步履蹒跚地回到住处。

宽窄之间，支矶石焉

几乎人满为患，次次去，次次都要被陌生人撞上几次。尤其夏天，女子们穿着甚少，但在其中穿梭的时候，气势和步速丝毫不输于男人。外地人来到成都，必定要去的，除了武侯祠、杜甫草堂，大致就是宽窄巷子了。相对于武侯祠至今深厚、浓郁的三国文化氛围，再比之在此居住三年多，写下二百多首诗作的诗圣杜甫的故居，宽窄巷子这种"新晋"的带有明显的"打造"意味的景点，之所以能够大批量地吸引人，大致是因了"宽窄"二字。

宽与窄，寓意了两个人生境况，还有人的心胸与思想境界。当然，宽与窄，也是人生当中某些途程的引申与象征。宽是物质，也是精神。窄亦然。宽窄之间，人和人的现实生活与内心景象泾渭分明，但又时常混杂不清。宽窄、窄宽、宽宽窄窄、窄窄宽宽，生命本身就是一首婉转的诗歌，一段窄和宽不分明的路途。只是，有人在窄中看到了宽，有人在宽中看到了窄。宽窄，既是人的心性、眼界，也是人的思维、意识，更是人的不同认知、判断，以及每个人的人生及其生命的质量。

外地游客到成都，大抵是要去宽窄巷子的。追风和猎奇是大多数人自觉的思维。大多数人以为，既然来到成都，就是要看，什么都要看，再吃，尤其是吃，近些年来，川味风行整个中国，而川味，肯定是成都的最正宗。所谓的"风味"，从大的方面说，是一方民众因地理气候和物产而形成的饮食习惯，就此，常璩的《华阳国志·蜀志》说"其辰值未，故尚滋味。德在少昊，故好辛香"。常璩在一千多年前，就从天文、地理、气候等方面，对蜀人"尚滋味""好辛香"之缘由进行了解释和论断。巴蜀，包括云、贵之民众，对辛香的喜好大抵是共同的。一般意义或者寻常可见的"川菜"，麻辣是其最重要的"舌尖"感觉。据说，有一种高端的川菜其实并不麻辣。外地人来，多数是醉心于川菜和小吃所用的那些调料，而非食物本身。这也从另一方面证实了人经常浮于表象的那种由来已久的秉性和习惯。

去过几次宽窄巷子，第一次是吃饭，第二次也是，第三次是参加欧阳江河的个人诗歌分享会。欧阳江河乃至李亚伟、翟永明、万夏、钟鸣等人的诗歌，大多是20世纪80年代中国诗歌当中的翘楚。常璩的《华阳国志·蜀志》也说，蜀地"其卦值坤，故多斑彩文章"。巴蜀自司马相如、扬雄之后，文人辈出，其才情、成就令人翘指赞叹。四川的诗人也是声震当代的。欧阳江河的诗歌大致是早期的好，《汉英之间》《玻璃工厂》《草莓》等，其语言的天赋可谓独步诗坛，后期的作品很多，但似乎没有超越其最初的。李亚伟的《中文系》，以及后来的《河西走廊抒情》都是极好之作，其想象力和书写的排他性强烈，堪称独树一帜，他者不可模仿。至于翟永明的诗歌，前期的可能好些，后来的乏善可陈。

之所以说起这些，完全是因为欧阳江河在这里开过分享会，李亚伟则经营着一家名叫"香积厨"的餐馆，翟永明有一个酒吧，名曰"白夜"。有外地朋友来，要我陪着去翟的酒吧，每次我都拒绝。我觉得，一个诗人或者作家，最不应当的事情，就是随行就市，也不应因为某个人的名声大或者作品好，就去瞻仰或者拜见。这是一个崇尚个性、高度自觉和独立的年代，作家和诗人更应当如此。

若是一个人，宽窄巷子等处，我没有任何去的动力。2021年下半年，为了和几位师友相聚，我去了几次，但都没有进入宽窄巷子，只是从旁边路过。我一直觉得，要来宽窄巷子，最好的时间是晚上十一点钟之后，众人退去，只余下建筑和各种门店，一个人走在其中，犹如行走在民国时期的成都。幽深的巷子，令我想到很多，如曾经在这里居住的人们，他们当年的脚印尽管被水泥和青砖掩盖了，但生活的气息还在。他们当年在这里的起居与闲聊，充斥着浓郁的人间烟火，而非现在的那种喧哗与商业气息。行走在灯光或明或暗的宽窄巷子中，人往往感慨。宽是"宽心""宽怀""宽慰"，还有"宽定""宽意""宽境"等意。宽既是一种心态和观世处世态度，又是一种精神上的"宽度"，意在"放宽"与"自在自足""自我觉悟"。"窄"字的本意可能逼仄一些，引申到人生当中，显然是人人不愿意见到和遇到的。但"窄"也是人生必经之路。老子《道德经》说："合抱之木，生于毫末；九层之台，起于累土；千里之行，始于足下。"凡事都是从小到大，从无到有，再从大至小，而后再归于无的。因此，窄虽然不为人乐见，可它也是人生的必经之路，而且不可绕过。无论穷富贵贱，每个人的一生必定都会回旋于宽窄之间。在宽窄巷子之外，还有井巷子，"井"字让人联想到八卦中的"兑卦"。兑者，泽也。水在地上和地下，润泽万物，行壮千里，涓滴之力，汇成江海，正好诠释了老子《道德经》当中的"水善利万物而不争……处众人之所恶……故几于道"。

其中一次，我喝了点酒，摇摇晃晃出来，蒙恍颠倒地走到地铁四号线宽窄巷子站，一抬头，居然看到一块石碑，凑近看，居然上写"支矶石"三字，极小，有些被埋没与故意遮蔽的意思，旁边草丛中，还有一尊塑像，底座上写"严君平像"。我大吃一惊，没有想到，大名鼎鼎的严君平，在当下，居然委身于繁华之外，独享那一份超然的宁静与淡泊。皇甫谧《高士传》载："严遵，字君平，蜀人也。隐居不仕，常卖卜於成都市，日得百钱以自给。卜讫，则闭肆下帘，以著书为事。"

严君平在成都摆摊打卦，每日挣的钱够自己花销了，便收摊，开私塾教授《老子》，著有《老子指归》一书。在严君平看来，打卦算命看起来是一个低贱的职业，但这个职业，可以借助人们对天道命运的笃信进行教化，惠泽众人。关于严君平，我之前在人民公园后见到过君平街的路牌，心中疑惑，查问得知，这原来是因为严君平而设定的街名。严君平有弟子名叫扬雄，亦是一代大儒。

如此一代名士，自然赢得后世尊崇，据说，四川各地和汉中均有严仙观，用以祭奠和纪念严君平。严君平这样的人，不为官要，而行惠民之事；身怀绝技，能教化一方；学富五车，毅然开馆授学。他如此的做法，俨然是"神仙"之所为了。杜牧有诗句说："君平教说卦，夫子召升堂。"曾任剑南西川节度使的李德裕作诗曰："自知来处所，何暇问严遵。"杜甫则在诗句中自况："虚沾焦举为寒食，实借严君卖卜钱。"站在严君平的塑像前，我忍不住一阵激动，眼含热泪，也不知道究竟为什么。在我内心，所有具有高深学养和道行、德行优秀、仁慈的人，都是值得尊敬和效仿的。一个人在世上，重要的不是学到和得到了什么，而在于担当了什么，为更多的人做了什么事。严君平虽为一介寒士，但不忘将自己所学所能用以开化他人，这样的行为，实在是极少人能够做到的。

夜间的宽窄巷子和支矶石街，逐渐被归家的人和散去的游人遗留在了原地，除了零星的车辆与晚归的行人，整个宽窄巷子与支矶石街都陷入了安静。地铁就要停止运营了，我起身离开，再回头，仰望严君平像，模糊之中，似乎有一个和善的老者，白发长须，在朝着我微笑。步入电梯的时候，忽然想起李白《送友人入蜀》一诗，不由得暗自默诵：

"见说蚕丛路，崎岖不易行。山从人面起，云傍马头生。芳树笼秦栈，春流绕蜀城。升沉应已定，不必问君平。"

锦官城中武侯祠

这是一个了不起的男人，不单指他的计谋和殚精竭虑的仁臣之心，单以他的忠诚和不到百字的《诫子书》便足以不朽了。在成都及附近诸多古迹中，武侯祠是一个显赫的存在。当然，三星堆和金沙遗址的"王气"更为浓烈和深厚，历史更为久远，更为神秘。但诸葛亮、刘备、张飞、关羽、赵云、马超等北方人，在蜀地缔造了一个传奇的至今传扬不衰的"文化帝国"，或者说中国文化史上一个醒目的符号。在成都这个地方所诞生的那些王朝的缔造者，多是北方人。如蜀汉刘备是河北涿州人，前蜀王建是河南舞阳人，唯有成汉王朝的李特出生地距离成都稍近，为甘肃秦安。

诸葛亮原籍山东琅琊，长在荆州，隐居在南阳。诸葛亮成为能臣与忠臣之楷模，固然有政治考量在内，但在乱世，诸葛亮在刘备死后并不废刘禅而代之，就是一个守信义、重然诺的人。他不是没有那个能力，而是不去那样做。知其可为而不为，这样的人，当然值得敬佩。也或许，精通天文地理和人事的诸葛孔明，大致也知道，天命并不在他。甚至，司马家族的崛起与最终灭蜀汉，他也是预测到了的。在三国纷乱的年代，诸葛亮以自我的智慧和谋略，使得屡屡失败的刘备军团得以挺进西蜀，凭借巴山蜀水的地理优势与"水旱从人，不知饥馑，时无荒年"的天府之国，成就了蜀汉基业。

我去云贵川等地，无论诸葛亮是否到过那些地方，那些地方都留有他的传说，还有诸多的遗迹和祭祀他的庙宇。比如贵州毕节的七星关，现在攀枝花的诸葛营。老子说，"死而不亡者寿"，诸葛亮做到了。一个人，死后几千年还能博得民众的喜欢和尊重，这就是一件极其了不起的功业了。

诸葛连弩、木牛流马、孔明灯等的发明和改造，也使得本来"疲敝"的蜀汉政权得到了有效加强，在和曹魏、东吴的战争中，诸葛亮及其军队几乎每一次都占得先机。只是，蜀汉这样的一个小政权，出蜀道而伐中原，胜算几乎没有。想起来也觉得神奇，无论是在诸葛亮之前还是之后，出巴蜀而伐中原的战争，基本上都以失败告终。不管是刘备还是后来的王建、孟昶、李特、李雄等人，在这里建立的王朝基本上都是短命的，长则三五十年，短则十几二十年，从没有一个在蜀中建立的王朝能够存在超过五十年。

武侯祠在市区，无论打车还是坐地铁，都可以短时间之内到达。在门前仰望，"武侯祠"三个字令人肃然起敬，那字似乎是当代书法家舒同的。进门右侧，便是著名的三绝碑，裴度、柳公权、鲁建，唐代三位名人的文章、书法和石刻，使得武侯祠在文人之中也享有了至高的地位。

武侯祠中，占据多数位置的，还是刘备、关羽、张飞，以及其他文臣武将，诸葛武侯的位置倒是很少。或许有人说，诸葛亮这样的能臣，屈居于刘备等人之下，也显得委屈，但从另一个角度说，是刘备重用了诸葛亮，他和刘备的关系，不是主仆，而应是知己。古来才华和德行超群者众多，但能够被一生信任和重用的极少。刘备对诸葛亮的知遇，正是诸葛武侯成就万世英名的前提。

刘备和诸葛亮是相互成就的关系，关羽、张飞则是从民间到庙堂的奋斗伙伴，真正助力他们成功的，还是诸葛亮的军事战略与政治能力。武侯祠中的一副对联，可谓精准概括了诸葛武侯的一生："一生惟谨慎，七擒南渡，六出北征，何期五丈崩摧，九代志能遵教授；十倍荷褒荣，八阵名成，两川福被，所合四方精锐，三分功定属元勋。"至于马超、赵云和黄忠等人，在某种程度上只是"良禽择木而栖息，贤臣择主而事"。但赵云这个人一生似乎没得重用，也是遗憾，马超在成都也遭到猜忌，年寿不高便陨灭了，也令人伤情。

刘备这个人，有柔软的一面，也有精于算计的一面。作为领头人，他需要照顾的是每个人的情绪和利益，刘备在这方面做得算相当不错。或许，刘备也是老子及道家哲学和处事方式的拥趸与实践者。

武侯祠主殿背后，有一些碑刻，对面是三义庙，三义庙后，有桃花林，其实也是竹子最多。三义庙，即祭祀刘关张的庙。这三个异姓兄弟之一生作为，也堪称伟大，三个草根，在乱世中自成地方一霸，是极为艰难的。最重要的，是他们三个没有相互倾轧与谋害，这大致是后人推崇和敬仰的重要原因。廊柱上的对联说："惟此弟兄真性情，血泪洒山河，志在五伦存正轨；纵极王侯非富贵，英灵照天地，身经百战为斯民。"

出武侯祠，便是锦里，这一条古街，据说是蜀汉时期最为鼎盛的商贸之地，也是锦官城旧址。其中的陈设与店铺等，与宽窄巷子等处几无差别，都是出售各种吃食和文创产品，当然还有掏耳朵摊子等悠闲之所。锦里的尽头，有刘湘墓。据说，刘湘自称刘备之后，率领川军出川抗日，病逝于武汉前线。关于川军出川，有一张老照片上写着"我不愿你在我近前尽孝，只愿你在民族分上尽忠"，仅此一句，就令人热血沸腾，潸然泪下。这种朴素的衷肠与良知，当然令人肃然起敬。常璩的《华阳国志》中说蜀地"与秦同分，故多悍勇"，果真是一句切实之语。川军抗战之壮举，当彪炳千古，后人须永世铭记。

平素的锦里也是人满为患，万头攒动，在其中极难快步行走，来自各地的人一边吃着各种风味小吃，一边东张西望，浏览观瞻。

我曾经去了几次锦里，大都是陪亲人和朋友。在众人之中穿梭，左看右看，觉得这类景点大同小异，人们来这里的目的无非是"到此一游""我此生去过"之类而已。可是，置身于这类的热闹场合，我总是觉得不自在。可能是性格使然，越是热闹的、人们趋之若鹜的，我越是厌弃。不是我清高、不合群，而是觉得，人应当更有主张一些，繁华之地与众人之所好的东西或地方，才是真正危险的。正如古斯塔夫·勒庞《乌合之众》一书中所说："当群众中的每一个人处于孤零零的单独个体的时候，后天的教育与内心的良知都在对他起着约束作用，他知道自己必须对自己的这种本能行为加以控制。"

府城大道

　　东西走向，宽阔、崭新，为高新区北部起始点，也是高新区管委会所在地。2012年年底，我刚搬到府城大道西段居住的时候，这边的房价在每平方米4000到6000块左右，现在普遍在3万以上，最高的5万甚至6万。相较于北上广深，成都的房价大致处在理性的范围内。府城大道西段，是国防乐园，一个巨大的、以普及国防知识为主要内容的公园，其中有小的山岭，旁边有湿地，湿地与现在的锦城湖公园相连。但现在国防乐园似乎有些荒废了。

　　2012年的府城大道只有一大片住宅区，商业设施基本不见。国防乐园的大门口，有双流老妈兔头总店，我和儿子杨锐去吃了好多次，但我从来不吃兔头。我觉得，吃兔头、羊头、鸭头、鸡头之类的行为极其残忍。很难想象，在炮制兔头的时候，人怎么能忍心？到成都这些年，我个人从来不吃兔子肉，也不吃蛙和蛇之类的。总觉得，那么美好的兔子，乖巧、聪明、善跑，时常被当作善良动物的代表，用来教育孩子，人怎么忍心吃它们呢？怎么下得了手、张得开嘴呢？

有一次到自贡，当地人说："没有一只兔子能逃出自贡。"言下之意，即只要兔子进入自贡，便注定跑不掉，必定成为当地人的口腹之物。有一位朋友，每次到成都，都要以冷冻方式，快递一些做好了的兔头回家，言其夫人喜欢吃。有几次，我站在售卖兔头的窗口，看着被"切割""煮熟"，进而"五香""麻辣"了的兔头，见其白骨森森，尖牙如刀，心里觉得恐惧，更不要说下嘴了。对吃，我素来没什么讲究，也深恶痛绝那些以吃遍天下美食为荣耀的行为。我不觉得吃什么、怎么吃是一门学问，总以为，只要能够吃好吃舒服就行了，没必要非要吃什么。天地如此慷慨，已经给予了人类诸多的吃食，何必再去变着法子、挖空心思地去吃呢？

当时的府城大道一片空旷，有些楼房在建，生活配套设施极少，甚至连个像样的餐馆都找不到，请人吃饭，要到益州大道或者石羊社区，很不方便，但也乐得清静，就是上下班不是很方便，距离地铁站远，每次都要到高新站再转乘公交车。那时候，我刚从西北的沙漠地区调到成都，对城市还很陌生，不知道投资，也不知道城市的发展究竟会如何。这种懵懂，使得原本就对经商不在行的我，一直处在一种随行就市的状态当中。倘若那时候稍微有点儿经济头脑，再按揭几套房子的话，大致也可以正当地赚一些钱。人在很多时候的无意识，看起来是一种傻和迟钝，但也有着一种冥冥中天定的意味。可能，有些钱财本来就不属于我。

2009年，父亲病逝，心里时常悲伤莫名，常无端地放声大哭。人生最可怕的事情是失去至亲之人，并且，他们还让你心怀愧疚。父亲是一个老实木讷的农民，虽然一生苦难不堪，但我怎么也没有想到，他会在63岁那年作别人世。当他死去，我觉得我实在是一个无耻混蛋，原本已经有能力对他好、孝顺他了，却总是借口忙，不在意他，他几次对我说胃不舒服，我只是让弟弟带着他去医院检查，自己一次都没有陪着他去。他病重了，我再想做点什么，已经晚了。

这大致是我罹患抑郁症的真正源头。那个时候，前妻每晚去小区的麻将馆打麻将，我和儿子杨锐在家里。其中一个晚上，我突然觉得四肢发僵，头部发木，马上就要失去意识，昏死一般。前妻开车带我到人民中路的军区诊所检查，结果也没有什么问题。每当我觉得不舒服和心里难受的时候，就去国防乐园，在落叶堆积的树林里转悠，其中多黄葛树、榕树，还有一些罕见的洋槐树。三角梅遍地生长，一年四季开花，妖艳得庸俗，但在冬日，倒能给眼睛一种撞击。

临水的土坡一边，有一家已经废弃的餐馆，釉面有一面高十多米的悬崖，悬崖边上也长着一些三角梅，不论冬夏，开得艳丽。我甚为惊异，站在三角梅藤蔓一边，可以俯瞰整个石羊社区，国防乐园之内，数个湖泊在空地上停泊，天气晴朗的时候，只见水光潋滟，有许多的白鹭、野鸭在其中游弋。

我还记得，那危崖之上，还有野菊花，黄得透明的那种。人生很多时候，都处在临渊的状态当中，只是我们自己浑然不觉。我以为，那一刻，我们可能看到了自己的灵魂，因而有诸多的情绪波动。有些周末，我和大儿子杨锐一同到国防乐园的林子和湖边去，主要是散步，父子两个，一人一听红牛之类的饮料，在林子间奔窜得汗流浃背，鸟鸣使得这城郊的废旧公园更为幽静。也有附近小区的人在其中穿梭，红男绿女，或者上了年纪的。我和杨锐经常做的一件事，就是爬坡和爬树。那时候，我觉得爬树可以使筋骨张开，有一种疼痛的舒适感。其实，类似那晚的危险时刻一再发生，我丝毫没有意识到自己已经罹患了抑郁症。我自信自己是一个性格很"逗逼"和外向的人，刚满四十岁的样子，还觉得自己就像是一个十八九岁的小伙子，从不觉得自己老了。只是，父亲的早逝，让我蓦然觉得了苍老，而且是那种抽筋剥皮一损俱损的苍老感，性情也变得暴躁、易怒、脆弱、阴晴不定。

"哀莫大于心死。"人间最残忍的事，是精神支柱的灰飞烟灭。我的诸多不适，自己难受得龇牙咧嘴，有气无力，但不能给儿子杨锐说。在儿子面前，我总要坚强一些。当年，我父亲也是如此，母亲也是如此。父母在儿女面前坚强可能也是幸福的，不管这坚强的背后多么痛苦。几年后，我住到了府城大道另一个小区，自此，再也没有去过国防乐园，去机场时候路过，也只看看而已，那一边的房子里，还有我很多东西，书籍、衣服、电脑、各种酒等，我都懒得再去拿了，留给大儿子也就好了，他珍惜不珍惜，不是我能左右的。

单身的生活基本上在病患中度过，无时无刻的濒死感、全身瘫软、心悸、头晕、疼痛等围困了我，一个人住院三次，其中两次在三医院，一次在华西医院，还有一次，是在河北邢台。当我好转，回到府城大道，生活在散乱之中。我起初想回到河北老家，但舍不得大儿子杨锐，那时候，他还没成年，还在读书，作为父亲，虽然我做不了什么，甚至他也不会觉得我多么重要，但我要守着他。仅此而已。再后来，在府城大道中段买到了一套房子，多数钱是朋友出的，装修我来做的。由此，我有了人生第一次的装修经验，而且，装修的效果受到了后来一些购房人的好评。

这时候，我已经结束了人生第二次单身生活，不仅结了婚，还又生了一个儿子，我们为他取名为可可。如此的变迁，是我根本没有想到的。人生的无常就体现在，你永远不知道明天将面对什么，下一秒会有什么情况发生。在军队的生活，我除了上班，写一些所谓的诗文之外，基本上是无忧虑的。以世俗的眼光看，还是很悠闲的，因为我对财富从来没有太多的欲望与概念，甚至简单的数字相加相乘都很迷糊。"极则必反，盈则必亏"的"天道"使我的生活陡转，个人也罹患疾病，算得上九死一生。但事后来看，我们在这个世界上遇到的所有人、事、物，都是不可避免的，而一个人和另一些人在一起的时间，也似乎是定下的，须臾不可篡改的。

没事的时候，我带着儿子可可在小区后面的走道上溜达，他蹦跳，一次次地登台阶。两个人坐在秋千上晃一晃，他奔跑，我给他快速拍一些照片。剑南大道和府城大道上的机动车，日夜不停地穿梭。仁和新城、市第一人民医院南区、新街里、象南里、银泰、苏宁广场，以及远一点的悠方、双子塔和金融城等已经全部投入运营。在当下类似成都这样的城市，只要开发了楼盘，大致不愁人买，也很快就会形成一片住宅区，进而各种服务和商业设施也都完善起来。如此扩张，看起来是自然而然的，就像人的现实生活，不断地被各种必需和非必需的物质充满，人和人，从不同的地方汇集在一起，然后就成了新的街道和社区。如此蔓延，看起来是一种常态，但本质上反映了人的趋同与渴望群体生活的潜意识和内驱力。

街道上一年四季都有绿叶和花朵，榕树和黄葛树，海棠、玉兰、茶花、艳山姜、紫薇、蓝花楹、芙蓉花和三角梅是最常见的，府城大道尤其如此。我知道，再过一两年的时间，我们必定会离开府城大道，到成都的另外某个地方去。而府城大道，不仅是我来成都之后的第一个居住地，也是我两个儿子的成长之地。想必，他们将来对这府城大道的印象，可能比我还要深刻。我现在所能做的，就是不断地为小儿子可可多拍一些照片和视频，把他幼年生活的这一条街道留存下来，当他长大，自己观看的时候，或许会对府城大道这条诞生不久的成都街道产生一种宛若故乡的感觉。可能，城市里的人们，之前和往后，都难以找到自己确切的故乡。

岳府街：诗歌及其他

　　大致两年前，岳府街新开了一家餐馆，是既有咖啡和茶饮，也有便餐的那种。有几次去那里吃饭，一看到岳府街的名字，便想起川陕总督岳钟琪。这条街，便是他当年在成都的府邸所在地。

　　因为岳飞，当然也因为岳钟琪本人，每次到岳府街，我内心充满敬意。岳飞固然是一代名将，赵构若是放手由岳飞向北作战，历史有可能改写。但历史没有假设，岳飞的威名与美名，可谓妇孺皆知。岳钟琪是岳飞第21代嫡长孙。岳家在清朝中期又有名将出现，这也是一个幸事。历史总是有其轨道的，历史人物也总是在他们的时代中各有遭逢。

　　岳府街两边，都有地铁入口。靠近红星路一段末尾处，有一家北大裤带面小店。其实我不喜欢吃那样又宽又厚又硬的面食，注意到这家店，是在此之前跟着前妻去过北大街的一家北大裤带面店，当时，那小店食客之多，可以用络绎不绝来形容。由岳府街向西是太升南路，售卖手机及其配套商品的主要地点，几年前还是热闹非凡的，现在则有些寥落。电商崛起，使得实体店遭受了空前的打击。街道上，除了各类大小餐馆，实体店真可谓寥寥可数。

岳府街正对面，是武成大街，向北是成都传媒集团，成都市下属的传媒机构基本集中在一栋楼里，其中还有给我出版过一本名叫《河西走廊北151公里》的散文集的成都时代出版社。旁边是书院街，还有市第二人民医院。有些早上，我专门到书院街一家小店里吃包子喝稀饭。那家店是夫妻两个开的，做的白菜和豇豆等素包子味道鲜美，吃起来爽口，很对我这个半个素食主义者的清晨胃口。

由此折回红星路二段时候，还有一条街，名字叫爵版街。这个街道名字令我惊异。这个名字很有现代性，但在清朝，乃是布政司衙门所在地。另一边则是藩库街。布政司主管钱粮等，其主官从二品，当地军政主官四川提督从一品。这样的建制大致也是合理的，军政主官，在战时肯定得有调派本地所有衙门和兵力的权力，从而形成一个整体，共下一盘棋，方才具备各方面统一调配的组织和保障机制。与之相连的干槐树街大致是因为长着数棵洋槐树而得名。转过来，便是红星路二段85号，四川省文联和四川省作家协会所在地，其中有在全国诗歌界声名显赫的《星星》诗刊杂志社。

现代诗歌或者新诗，在很大程度上，也是舶来品，和现代小说一样。经历了几十年来一律朝向西方的拿来主义后，现代诗的整体表现，似乎还没有高出20世纪80年代的总体水准。在这样的时代，诗歌乃至一切艺术，大致是全世界共通共融的了，艺术已经不再是各自为战、各自称王，相互之间"老死不相往来"的格局与状态，本来也不应当"各自为政"。在漫长的"封闭"年代，中国的文学艺术丝毫没有落于世界的"下方"。只是在近代，白话文兴起之后，诗歌、小说、散文和文学批评，无不开始向西方高强度"学习"甚至模仿。时至今日，我以为，我们"拿来"的同时，如何更好地接续自我深厚的诗歌传统，并在新的历史时期进行有效的创新式的提升，大致是诗人们需要考虑和实践的。

每一家"官方"刊物，其实也是"公器"之一种。其根本的宗旨是不断地发现新的写作者，尤其是那些独立性和创造力强的作者，参与和见证整个文学发展的历史及其每一时期的确切表现与进程。《星星》诗刊无疑是一直这么做的。我有幸能够加入。有几年在《四川文学》杂志社效力。但文学本无疆界，文体划分和成形不是各自的胜利，甚至可以更"松弛"和"外向"一些，没必要壁垒森严，相互之间有观念和思维上的"隔阂"。

我很欣赏奈保尔的一句话：作为一个虚构作品的作者，我也只是勉强理解自己的世界——我们的家庭背景、我们的迁徙、一代人生活过的那个令人好奇却又记忆模糊的印度、沃姆先生的学校、我父亲的文学抱负。我也只能从事物的外部开始写作。因为我对在某个地方等着我的完整世界缺乏了解和幻想，为了创作更多的作品，我不得不寻找其他方式。

书院街及其周边

　　白菜包子，白菜很鲜嫩，皮不算薄，但筋道，再加上萝卜泡菜、一只卤蛋、一碗菜粥，这对我来说是比较理想的早餐。尽管我已经在隔壁工作了几年，但由于极少转悠，又不怎么热衷于发现好吃的，就没有发现那个早餐铺。直到有一天，婉豫告知我说，那家包子铺味道很不错。她带我来，一吃，果然不错。正如以上所言，这家包子铺的素白菜包子做得最好，白菜新鲜，在重口味的成都算是比较清淡的饮食。

　　我是不怎么喜欢吃肉的，这家包子铺的牛肉、猪肉、芽菜、豇豆包子等，我至今没吃过。有几次，白菜包子没有了，我只好选择豇豆包子，略硬，味道不算好也不算坏，只能算是在白菜包子没有了之后，退而求其次的果腹之物罢了。

　　书院街一带，类似的包子铺很多，但这家是最好吃的。这一带，清朝时期是重要衙门的所在地，布后街是布政司衙门背后，旁边的岳府街乃是名将岳钟琪的府邸，一边的藩库街，乃是当时的后勤物资管理衙门所在地。再一边的春熙路，科甲巷既是过去成都的科考之地，又距离刑场很近，天才军事家翼王石达开就是在这里被处死的。遥想当年一些人事，不由得感慨，从前杀人之地，现在的繁华闹市，从前的衙门，现在却只是繁华城市之一隅，人世的变迁，古今的"覆盖"，恍若云烟。倘若不是有人说起，我还不会觉得，这一带，居然有着如此辉煌的过往。

因为是老城区，如今的书院街大致有些老旧，周边以年久的小区居多，大都是五六层高的楼房，没有电梯，院落也极小。其中有一条街，名叫爵版街，街面狭窄，大致有一百米长。据说，这个名字也很久了，直到现在，依旧洋溢着新潮的、音乐的、贵族的、当代的某种气息。其实，它是清代藩库衙门下属的为各级官员制作"名片"的专门机构所在地。对面是穿巷子，也很窄，不足一百米便是大慈寺路，古刹大慈寺便坐落其旁，寺庙的外围，乃是太古里，对面是闻名遐迩的春熙路。

高楼之间，古寺悠然。不管外面如何繁华，噪声冲天，大慈寺中都是日复一日的安静。我甚至觉得，古寺虽然在闹市中，但它似乎自带消音系统，可以自行屏蔽诸多的喧哗。有几年，我经常到大慈寺，心情烦乱的时候，也抄写过《般若波罗蜜多心经》。人专注于某些事情的时候，那种感觉是澄明的，不染任何尘埃。由此，我觉得，心的沉浸是一种剥除了肉身之庸俗功能的一种精神升华，是人在万丈红尘中一种自我灵魂的洗礼。

太古里主要售卖奢侈品，咖啡店及饭馆也极为西方。尽管我不怎么排斥吃西餐喝咖啡之类的生活方式，但也觉得，无论多好的菜肴，也比不过家常便饭，尤其早上和下午，稀饭、包子、馒头，再加汤，或者一碗面条，就足够了。我还是单身的时候，几乎每晚都在地铁高新站附近的一家牛肉面馆吃晚餐。当然，成都的牛肉面不怎么正宗。所有的食材一旦离开了自己的区域和水土，都会变味，这是气候和环境的力量，也是限制。每次吃牛肉面我都要吃两瓣生蒜。

蒜是北方人喜欢吃的，尤其是河北人，吃面条，肯定就生蒜。单身的那些年，我的胃病极其严重，可以说，我去吃的不是面，而是生蒜。书院街一带，似乎只有一家卖馕的，有几次买了几张，吃起来味道也好。这一带，多数是苍蝇馆子，其中售卖的大都是各种肉食和凉拌菜，如折耳根、土豆牛肉、白斩鸡、鱼香肉丝、盐煎肉、腊肉、香肠之类的，我觉得不怎么卫生，极少去吃。倒是一边有一家下岗面，顾名思义，大致是下岗工人开的餐馆，炒菜也有些味道，但不怎么符合我的口味。一个人对食物的选择和感觉，也有命定的意味，像我这样的北方人，尽管成都已经改变了我对食物的选择，但骨子里，我还是喜欢清淡的、油水少的食物。在成都甚至整个西南，食用油的用量估计全国第一，几乎每一种菜里都汪着和菜差不多的一碗油。相对于其他人，我对花椒有一点偏爱，麻是第一接受的味觉，其次才是辣。

由此向北，则是成都市第二人民医院庆云院区，二医院前身福音医院创建于1892年，是西医入川原点，也是四川大学华西医院的前身。

有一年去二医院体检，发现身体某个地方不对。那时候，我刚和婉豫结婚，心里有点担忧，她让我去二医院复查，幸亏没啥大问题。人到中年，每一次体检都惊心动魄。肉身开始在时间中节节败退，器官衰老、钙化等现象，是每一个生命无可奈何的宿命。再后来，也曾在那里做了几次核酸检测，有时候要排很长的队。在这方面，很多人高度自觉。首要是保护好自己，其次要有良知，尽量不去感染其他人。

临近二医院的武成大街，从前有一家瑞幸咖啡。有些冬天的正午，吃了饭，我就一个人到那里晒太阳，一杯咖啡或者一杯清茶，晒得满头冒汗方才作罢。旁边也有一些苍蝇馆子，乡村基、大米先生等。二医院门诊部对面，有家馆子的菜还不错，只是要坐电梯到三楼，略微有些不便。靠近广电局的地方，有一家哈尔滨饺子馆，我多次去吃过，每次一两猪肉白菜、一两素三鲜、一两韭菜鸡蛋，再加一碗面汤，就是最好的午餐了。多年来，我一直庆幸自己是一个对生活要求简单的人，从不奢望山珍海味，至今不吃兔子肉、蛇肉和田鸡之类。若是一个人生活，我可以几个月不吃肉。无论什么样的肉，我都觉得很乏味，跟煮烂了的木头没啥区别。有人说这个鸡肉香、那个牛肉嫩、其他的猪肉香，我从不觉得。这可能和我十六岁之前不吃肉有很大的关系。

几乎每天，我都到书院街来，从府城大道过来，坐地铁，差不多半个小时多一点。有时候会早点来，大部分时候控制在九点半之前。临街的办公室内，一个人听着外面的车鸣人喊。独自的房间里，尽管有些吵闹，但我总是觉得，好像没有什么能够真正引起我的注意，还是可以专注地做些事情。慢慢地也明白，人到中年之后，定力和专心的能力可能更强一些，一般不再被无关的人事和声音干扰，也不会因为诸多的嘈杂而心烦意乱。每当此时，我都会想起《道德经》中的一句话——"清静为天下正"。一个人，生活在当代充满欲望与物质的城市之中，最适合自己的事情，不是去到处寻找好吃的，自己也不用在乎环境，只要心静了，处处都可以是安身之所。

大慈寺与春熙路

先前我记得，玄奘法师曾在大慈寺修行。后来查唐代名僧慧立、彦悰所撰的《大唐玄奘法师传》得知，当年，玄奘法师从其兄至成都之后修行的寺庙名叫空慧寺。只是，当年的空慧寺，现在已经不存，遗址一说在将军后街，一说在文翁路附近，还有说是现在新津区的空慧寺，还有多宝寺等说。大慈寺建于魏晋时期，从建筑年代看，玄奘兄弟两人至此修行应当是可能的。《旧唐书》虽有玄奘的传记，但极为简略。不管玄奘兄弟是否真的在大慈寺修行过，他们来过成都，并遍访名师大德、修行精进是不争的事实。

如今的大慈寺外，是太古里，一个高端的商业街区，其中饭店众多，各种奢侈品品牌也很多，唯有位于其地下一层的书店使得这个商业街区有了一些书香的气息。每隔一段时间，我就去大慈寺，主要是为了吃斋饭，有时候也参拜。不为信仰什么，只为使自己常怀敬畏之心，对自己不懂得的事物表示尊敬。

大慈寺的"大雄宝殿"四字出自苏轼之手，另外的"震旦第一丛林"则出自李隆基之手。安史之乱后，李隆基仓皇逃到四川。在成都，他的偏安可以说为自己的帝王生涯和在历史上的"个人作用"画上了最终句号。其前期英武有谋，二次政变，解决了太平公主等势力，使得自己的统治步入了辉煌时期，得益于姚崇、宋璟、张九龄，开元时代使得唐帝国登上了一座历史的高峰甚至制高点。但他后期的昏聩和骄傲使得自己的基业彻底毁于一旦。李隆基的一生，很好地印证了《易经》乾卦的爻辞及其预示的过程，潜龙勿用、见龙在田、夕惕若厉，或跃在渊、飞龙在天、亢龙有悔。这也是物极必反的一个典型例证。

大慈寺的斋饭分两种：一是义工和僧侣们吃的，二是售卖的。每次去，我都吃售卖的那种，两人份的，在40块钱左右，若是饭后喝茶，可能每人在100块钱左右。冬天有太阳的时候，可以要两杯盖碗茶，坐在日光下面，懒洋洋地翻手机，或者假寐，日光使得整个人都暖融融的。这样的生活，是成都人喜欢的。毕竟，冬天的成都，出太阳的日子极少，大多数阴阴的，给人感觉整座城市就像是一只病虎，到处都发暗，就连常青的叶子、妖艳的花朵也显得毫无生机。因此，古人用成语"蜀犬吠日"来形容之。我抑郁症严重的那些年，即使在一动便汗水如潮的夏天，也会坐在烈日之下，晒得浑身发烫，才觉得舒服一些。冬天更是，一看到太阳，就不管不顾地跑出来，找个好座位，要上一杯茶水，一直晒到再也找不到一抹阳光了，才不得不起身。

夏天的大慈寺里，那家老茶馆也极好，里面很热，头顶的吊扇旋转得几欲脱离屋梁横扫竹制的桌椅板凳，甚至歪坐其上的人。一杯花茶或者素毛峰，人们也喝得有滋有味。这样的日子，大致是有些老成都市民生活的滋味。我也极其喜欢，若有几个朋友闲坐聊天，也是一件惬意的事情。

从大慈寺的南门走出来，就是太古里。这里我一般不停留，直接到春熙路，或者转回单位，再或者直接回家。无论何时，春熙路人都是很多的，不知来自哪里的红男绿女，手里提着大包小包，穿梭于各大商场；或者穿着极少，在春熙路的天光下信步。那些女子，姿态、长相当是很好的，可以用"妖娆""狐媚""乖""美极了""棒得很"等乱七八糟的词语来形容。可众美之外，还有与之呼应的，那就是丑的。在这里，我并没贬低长相不怎么好的女子之意，而是，天地是最公正的，凡人所缺，必有所长。万事万物，莫不如此。

成都当然是众所周知的出美女之地，常璩《华阳国志》说，蜀地"其卦值坤"。所谓的"坤"，便是大地和土，还有阴、女子，七彩大地、深厚泥土、水浸物丰等意思，在五行当中，自然被认为是滋养女性的地方。刚来成都的时候，我还有些年轻，自然对美女也保有高昂的兴趣，这是人之常情。以前我羞于出口，可现在觉得，只要是不违反基本的人性人道，不对其他人造成伤害，都是正当的。

2016年冬天，我在春熙路喝了一场大酒，钱包不知何时被偷，后来在地铁市二医院站找到，其中的一千多块钱早不见了踪影，幸好身份证还在。找到后，我感动得连声说谢天谢地。为表示感谢，我以成都一市民的名义，给该站送了一面锦旗。第二次被窃，是一名男子捡到了，里面的两千多块钱不见了，只余下身份证和一张天府通卡。

长期以来，我对人不存戒心，这是从小养成的习惯，在部队也是如此，从不以为谁会对我格外使坏。直到近些年，才知道人生要"阳谋立

125

身，阴谋防身"，尽管不怎么认同，但事实大致如此。两次遭窃，也是平生极少遇到的。当时心里想，只要找回身份证，钱被拿走就拿走了，窃贼也有自己的生活。那段时间，我人也恍惚。有一次，参加一位诗人的饭局，坐在IFS五楼的一家餐馆里，众人谈笑风生、推杯换盏，我却愣愣地看着，不知大家到底在说些什么、笑些什么。那时候，我已经是单身，在正科甲巷的一家餐馆消磨了很多日子，心悸、全身虚汗、濒死感强烈的时候，我就使劲掐自己的虎口，一遍遍地搓，天长日久，搓掉了两层皮。实在难受得要死，就躺下来，反正一处座位有人了，其他人也不会再来。

有一次，实在无法回家，就在总府路一条明清古街找了一家小旅馆睡了一晚上。第二天早上身体好转，下楼的时候，发现旅馆大堂一边墙上贴了诸多纸条，算是留言板。其中一条，内容令人想入非非。我哑然失笑，也觉得当下的年代，人们相互取悦的方式是多种多样的，但古老的方式依旧在起着主要作用。

正科甲巷，是清朝在成都的监狱所在地，距离岳府街、藩库街等不过数百米。当年在安顺场兵败，主动投降，以求保全已为数不多的属下的石达开，被押送到成都后，便是被关在此地，随后也在此处被杀。正科甲巷现存有一块石碑，很小，竖在街道不起眼的角落，上书石达开所写的一首诗："大盗亦有道，诗书所不屑。黄金若粪土，肝胆硬如铁。策马渡悬崖，弯弓射胡月。人头作酒杯，饮尽仇雠血。"在太平天国阵营中，翼王石达开无疑是最有战略眼光、军事和政治才能的一个将领。洪秀全等人的自我猜忌和剧烈内讧是所有阵营中最常见也最可怕的一种弊病。内部一旦出了问题，失败便是必然的了，只可惜了年仅三十二岁的军事天才石达开。

　　缴械投降之前，石达开要求放过其下属，但未能如愿，其属下多数被屠戮。关于石达开被杀时的真实情境，是近代学者王尧礼发现的，时任四川总督骆秉章的幕僚黄彭年的手书中称："此贼举止甚稳，语言气概，不亢不卑，寓坚强于和婉之中。方其就死，纳履从容，若是我大清忠臣如此死法，叙入史传，岂不炳耀千载？如此人不为朝臣用，反使为贼，谁之过欤？"读文至此，也不禁觉得，石达开，乃是真汉子也。然而，这样的一个人，也在时间中远去了，唯有这段历史和他个人的命运，至今令人扼腕叹息。石达开被杀之处与诗碑，位于春熙路最热闹的商业街道，多数人来，只是游玩和购物，极少有人在碑前驻足。

琴台路及其周边

　　灯烛辉煌，照在两边的仿古建筑上，一片金光。已是深夜，我行走在琴台路，路上仍有车辆和人穿梭。行至琴台路南边，忽然记起，2016年夏天某日，华西医院医生开了药后，我却不敢吃。确诊后，实在难受，不得不吃，我特意打电话给一位百公里之外的朋友，意思是请她来，我吃药，她看着我。

　　抑郁症最严重的时候，前妻正闹离婚，找她帮忙，基本上不可能。我在成都又没有其他特别好的朋友，只好求助于这位朋友。我到成都之时，就和她熟悉，也曾和她们一家同游过蒙顶山、碧峰峡。她来后，我吃药，我睡了一觉，活了过来，方才觉得吃药不会突然死掉。

　　而当时她看着我服药而后醒来的地方，就在琴台路一家茶楼里。那家茶楼简陋，处在一片竹林里，倒是幽静。有鸟鸣其中，也有蝴蝶翩飞，倒是有些诗意和趣味的。几年后，我再次走到琴台路，心里觉得一阵欣慰，对那位朋友的感激之情油然而生。我也知道，这琴台路，乃是卓文君与司马相如爱情生发之地。当年，卓王孙之女卓文君爱上了穷小子司马相如，夫妻两人在此当垆卖酒，琴瑟和鸣，传为佳话，也是琴台路路名之由来。尽管，发达后的司马相如有意休掉卓文君，两人一番诗文往来，司马相如最终打消再娶的念头，与卓文君和好。如此的爱情，在古代发生的频率相当高，富家小姐爱上穷书生，然后男的发达了，开始喜新厌旧或者另攀高枝，对前任毁约弃誓，另娶他人，甚至杀人灭口等，都是舞台上惹人眼泪、叫人肝肠寸断的唱本出处。

再一次来琴台路，是二儿子可可出生后，妻儿在那里的一家月子中心住了一个月。正是炎热的时候，腾腾的热浪日甚一日，整个成都都在持续升温，进入又一年的溽热之中。抱儿子之余，我时常泡一杯茶，坐在露天阳台上，看四周，看天空，写了几首诗。将近五十岁的人，又有了一个儿子，这是我没有想到的。人生有诸多的不可预料，当然，这也是很好的一件事。与此同时，我也总觉得自己还年轻，有一种刚离开故乡，在外第一次恋爱和结婚的感觉，一切又都崭新了起来。

此前一直纠结和痛苦的第一段婚姻，至此我也才深切觉得，当初自己那样去做，比如挽留、独自的愤懑和痛哭等，都显得可笑。人生中的人和事，其实都只是一些片段，此时和某人生活，彼时可能是和另一个人了。起初，我不这么想，只觉得，夫妻是一辈子的事情，闲来无事离婚，那是很愚蠢的做法。一对夫妻，一方没有大的过错，比如家暴、赌博与长期的不负责任、故意伤害对方等不可饶恕的行为，其实都可以原谅，甚至完全不必在意的。

夫妻本来就是陌生男女拼凑的一种关系，所谓的爱情，始于一段时间的情绪激动与不理智。一旦进入婚姻，或者两人之间有了实质性的关系，再或者，一起柴米油盐地生活了一段时间，倘若彼此还相爱，那么，这样的爱情大致是真的，可以信赖的。

与琴台路邻近的有成都中医药大学附属医院，即省中医院，还有百花潭公园。前者我曾经很多次去求医问药，找过两位中医大夫，但效果都不理想。百花潭公园我也曾去过多次，在其中溜达或者闲坐。后来才知道，这百花潭居然和唐代的女诗人薛涛也有关系。这个女校书，留名千古的女诗人之一，也曾经是成都的一张名片，被时任剑南西川节度使的韦皋招到府中，后来又和元稹发生了爱情，但最终元稹一去不返。

"陇西独自一孤身，飞去飞来上锦茵。都缘出语无方便，不得笼中再唤人。"薛涛这首诗当中，有其身世暗示，也有自况的意味。她本出身于官宦人家，父亲获罪，流落至此。弱冠之年，父亲死去，年幼的薛涛迫于生计，成为艺伎。韦皋对她有知遇之恩，但其也借着韦皋之官位而收受贿赂。韦皋怒，将之放逐到松潘。薛涛再写《十离诗》，情谊殷切，因此再回成都。如此的一个女子，周旋于官要之间，尽管其中有诗人，但多数是有官服在身的。薛涛在百花潭即浣花溪一带的时候，发明了薛涛笺。爱情失败后，最终一袭道袍，了却余生。这样的一个女诗人，终究是令人怜惜的。

此外的青羊宫，据说建于周朝时期，原名青羊肆，大致是成都最古老的道观了。我第一次去，正是身体严重不适的时候，主要是想看看老子的遗迹。扬雄《蜀王本纪》中说："老子为关令尹喜著《道德经》，临别曰'子行道千日后，于成都青羊肆寻吾'。"今为青羊观是也。在我看来，这是一个"仙迹"的体现，倘若真如扬雄所记，那么，老子一定来过青羊宫，甚至永久驻驾在此。再不然，他一定来过这里，而后又飘然远行。这实在是另一个令人兴奋与羡慕的地方。我在其中观瞻了三清殿、混元殿、斗姥殿等处，在清代张鹏翮捐赠的铜制青羊之下，幻想那青羊就是老子的化身，或者他的坐骑。

道教是中国文化源流之一。无论是伏羲的"一画开天地"，还是文王八卦的鬼神莫测，至老子的穷尽万物之至理、道尽天地人神之密码的《道德经》，再到张道陵的正一教和王重阳的全真教，以及吕洞宾等人撰写的《太乙金华宗旨》等著作，都是了不起的。特别是《太乙金华宗旨》一书，被德国传教士卫礼贤翻译之后，让荣格大为震撼。为此，荣格写下了《金花的秘密——中国的生命之书》一书，阐述了他对易经和《太乙金华宗旨》的理解与感受。

琴台路至今还有著名的诗婢家（"郑家诗婢"），为郑次清于1920年创办。张大千、齐白石、徐悲鸿、黄宾虹、黄君璧、丰子恺、谢无量在成都的时候所作书画，多由诗婢家装裱。有一次，我去观瞻了一番，感觉艺术气韵仍旧丰沛盎然。只可惜，我对书画一窍不通，对装裱没有任何接触和研究。出门之后，在一边的茶店里买了一些蒙顶甘露。这种绿茶，是我夏天最爱喝的一种。某些时候，坐在琴台路或者百花潭公园，我总是幻想着有人临水弹琴，或者在绿茵里起舞。当然，如此的情景，在我们的年代，已经不是寻常可见的了。

蜀犬吠日与太阳神鸟

　　不是到处湿漉漉的那种，而是有一种湿意无所不在，无孔不入，仿佛整个天地都混沌得如同粘连在一起。这种气候，大抵只有成都。2022年春节期间尤其如此，连续七天，没有一丝阳光突破浓重的阴云落到地面。以往乘坐飞机抵达成都时，从舷窗看到，一堆或灰色或白色或栗色的云朵如厚实的泥沙一般，浮游在成都上空。而在这些日光之上，太阳浑圆，天空清朗，光芒凌厉无匹，可就是穿不透乌云，只能在成都看不到的数千米以上的空中灿烂喷薄。

　　这样的一种气候，唐代文人无意中为此创造了一个成语，即蜀犬吠日。该成语出自柳宗元的《答韦中立论师道书》一文，其中说："屈子赋曰：'邑犬群吠，吠所怪也。'仆往闻庸、蜀之南，恒雨少日，日出则犬吠。"看起来，在唐代甚至更远一些的历史时期，成都多云少日、雨丝连绵之气候便已经形成了。往往，太阳一出来，能行动的人都出门了，坐在路边、河边和各种有日光的场所，满心欢喜地晒太阳。在此之前，我浑然不知，有朋友让出来晒太阳，我还觉得惊异与可笑。一年多后，方才理解，冬天的太阳对于成都和成都人来说，有一种喜庆的色彩，成都人更透露着一种感恩的情愫与久违了的炽烈情感。似乎那泄出的日光，是上天对成都及其人群的一种恩德。2022年春节，连续阴着的天空时而有些小雨，尽管短时间内湿不了头发和衣服，但总是一副黏人的模样，零零星星，一滴一丝，严丝合缝，百无聊赖，却又毫不妥协地下着，弄得人打伞不是，不打伞也不是。由此我忽然想到，金沙遗址出土的诸多文物证明，古蜀人有太阳崇拜或者神鸟崇拜的习俗，大致也和成都的气候有着某种联系。

太阳神鸟金箔图案分内外两层，内层等距分布有十二条旋转的齿状光芒；外层由四只相同的逆时针飞行的鸟组成。这种罕见的文物，构思奇特，工艺精良，当代的工匠未必能够有如此的想象力与技术。几年前，我去金沙遗址参观的时候，当然为之震撼，细想起来，古蜀国的人们大致以渔猎为主，渔猎之后，最需要的是日光来晒干，或者帮助人们把猎物的皮毛和肉制作成可以储藏的食品和生活用品。这当然是我个人的一种猜测，没有相关的研究成果来佐证。可以想到的是，一个崇拜太阳，或者说以太阳为图腾的民族，他们的内心和精神当中一定有向着光明的因子。

连续的阴湿令人不快。气候当然是可以影响人的，由此看，古人认为的月圆月缺与阴晴明暗，与人和万物都有一定的关联这种观念大致也是正确的。成都这样的气候，使得巴蜀之人既有北方人的"悍勇"与"仗义"，也有南方人的"鬼黠"与"精敏"。

冬天的成都，长期见不到日光，让人感觉有些萎靡与颓废，还有些焦躁。凡是不见日光的地方，都不怎么适合抑郁症患者生活。之前在西北，雨雪天气极少，经常是大太阳，即使酷冷的冬季，日光虽然惨淡，可四野清朗，能见度极高，心胸自然也是开阔的。这样的大城市，到处都是拥挤的建筑，车辆和行人穿梭其间，尽管有所错列，也各有方向，但相比辽阔的原野与高山，当然是逼仄的。也或许，城市在本质上不适合人们居住，而人们为了各种便利，便都置身于此。这也是一个得与失的关系。

大年三十那天，天气预报说阴，结果多云。太阳出来之后，我一阵兴奋，带着儿子可可到小区后面，即剑南大道旁边的人行道上和小树林里溜达，他也非常开心，屁颠屁颠地，不是在草坪里拿着一根干枯的小树枝扫落叶，就是在人行天桥一侧的平台上上上下下。我能够感觉出来，太阳出来，不到两岁的孩子也是开心的。此时，海棠花含苞欲放，野菊花和格桑花开得正好。竹子正在落叶，紫薇树干枯得像是完全僵死一般。因为过年，车辆极少，行人也比往日少了十分之九的样子。此时此刻，我突然想，要是允许燃放烟花爆竹，带着孩子一起玩耍的话，肯定是一件很开心的事情。

随后的大年初一愈加冷了，一直到初七，阳光都被乌云在高空阻拦。心情有些烦乱。人毕竟要在日光下生活的，和那些动植物一样，没有阳光的日子令人心情不悦。李白在《蜀道难》诗中所说的"锦城虽云乐"，我觉得他也只是注意到了成都的物阜民丰与诸多吃食，绝对没有注意到成都的冬日。由此来妄作推断的话，李白肯定没有在蜀地生活很久，不然，他怎么会不知道成都平原冬天阴而多雨的气候呢？如他的"九天开出一成都，万户千门入画图。草树云山如锦绣，秦川得及此间无。华阳春树号新丰，行入新都若旧宫。柳色未饶秦地绿，花光不减上阳红"，单单第一句，就是写成都的古诗中最嚣张和最有气势的了。杜甫在成都三年多，写了二百多首诗歌，《茅屋为秋风所破歌》《春夜喜雨》《绝句》《江畔独步寻花·其六》等，都是诗中上品。这两位大诗人为成都写下的诗歌，使得这座城市的文脉越来越深厚。

大年初三上午，我们去锦城湖湿地公园玩，看数只白鹭自远处翱翔而来，白色身影在湖泊和众人头顶翩翩，那种悠闲与丰迈的姿态，在城市中美得令人内心不由得也生出了翅膀。然而水面清冷，四周的树木因为没有日光而显得沉闷，不过在户外，还是比窝在家里要惬意一些。坐在草地上，我最渴望的，便是此刻太阳奋力拨开乌云，哪怕只有十几分钟或者几分钟，在湖边晒太阳的感觉，也是美如神仙的。此前不久，太阳穿破云雾，使得整个成都明亮，诸多的人带着帐篷、毡子和吃的，在公园里晒太阳。无论男女老幼，看起来都很幸福的样子。

到成都十多年了，我也大致懂得了成都冬天的规律，但凡有一天出太阳，夜里或者次日必定会乌云堆空，多数时候也会下雨，冬天尤其如此。从另一方面说，自柳宗元无意中的"蜀犬吠日"开始，成都的冬天便是如此，也说明北纬三十度的气候变化还是不大的。太阳神鸟的出土，也加强了我的这一判断。当然，我不是学者和气候专家，此类的说法，只能是个人的一种推测。但成都春天还是很美好的，气候宜人，花团锦簇，到处都是绿叶，太阳也频繁挂于高空，生活节奏不紧不慢，既有悠闲的情致，又有丰富的景色。作为我这样一个性情懒散的人来说，成都也是极好的安身之地。正如李白诗所说："水绿天青不起尘，风光和暖胜三秦。万国烟花随玉辇，西来添作锦江春。剑阁重关蜀北门，上皇归马若云屯。少帝长安开紫极，双悬日月照乾坤。"

从江汉路到天府广场

　　天府广场宽阔、巨大，四周竖立着几座蟠龙的抽象建筑和镌刻有成都历史人文内容的铜柱，一边是省图书馆，另一边是仁和春天、摩尔百货，下面是地铁一号线，附近的仁恒置地、美美力诚，都是奢侈品售卖场，再远一点，是锦江宾馆、省体育馆和美领馆等。起初，我以为天府广场就是成都的市中心，可能也正确，至少在很多年前位于成都的核心。据说，当年刘备的宫殿也设在这里。后来在天府广场旁的一幢大楼底下挖出了一只镇水神兽。古人营造城市，必定有其对地理环境、人文等方面的考量，《周礼·考工记中》说，"匠人营国，方九里，旁三门。国中九经九纬，经涂九轨，左祖右社，面朝后市，市朝一夫"。2011年春天，我刚调到成都不久，一个人的生活，多的是闲散与自由。几乎每个傍晚，我都从人民中路三段或者江汉路出发，穿过诸多富丽堂皇的酒店和银行，走到天府广场附近再折返。

天府广场面积巨大，正北是科技馆，前面耸立着毛泽东雕塑，旁边是图书馆。夏天的时候，广场上炎热非常，站在其上，不要一分钟就能晒脱一层皮。冬天若是有阳光的天气，倒是可以溜达和闲坐。广场之下，还有一些商铺。这里曾经是成都最繁华的地方，与春熙路双雄并峙，美女成堆。但不知道从什么时候开始，广场只见其大，而极少有人。

2013年，大儿子杨锐由江汉路的红星小学升到石室中学就读。这个石室中学，据说由西汉人文翁创建。为纪念他的功绩，那条路至今名为文翁路。四川省教育厅也在这条路上。上初一时，大儿子让我给他买了一台赛车，每天早上，他骑着车子，背着沉重的书包，从大院东门出发，骑行到学校，晚上再回大院。

从大儿子读小学开始，我就注意到，学生们书包越来越重，时间也颇为紧张，晚上和周末时间基本被作业占据。2012年，我们先是在大院的公寓房居住，大儿子和后楼居住的一个个子比他矮小的男孩关系很好，两人经常聚在一起，于花木绿植之间追赶嬉闹，不亦乐乎。有一次，那男孩妈妈突然气势汹汹找上门来说我儿子打了她儿子。那妇女是四川人，大嗓门，在家属院，我经常听到她扯着嗓子喊她儿子回家吃饭、睡觉的尖锐而又严厉的声音，而且多数时候用的是四川方言。

自从我调来成都，所到之处，无论企事业单位，还是学校与其他场所，人人操浓重的四川口音。有一次，在春熙路附近的中医诊所候诊，只听得一个穿着打扮入时的少妇在和医生说自己的病情，只听那声音婉转清脆，犹如演员在念台词一般。至此，我也才理解，当年嬴政为什么要大力推行"车同轨，书同文"了。据说，四川方言在当年差点被定为普通话。照实说，四川话很好听，尤以女性说方言最美，具有很强的音律性，发音轻，用词形象甚至更精准。很多时候，我听四川女人说话，好像在听一段精彩的戏曲唱词。

女人的凶悍霸道或者说"妻管严"，是成都的地方特色，有违传统中的"男乾女坤"，即男人应当像天那样持续刚健，女人要像大地一般宽容包纳。现在的中国，无论南北，大抵是女人在当家做主和"掌控"男人了。

儿子回来后，我和前妻教育了他，儿子竟然哭了起来。再后来，两人还在一起玩。直到有一天，那男孩的母亲禁止她儿子和我儿子玩了。儿子一脸委屈，眼眶红红的，两滴大大的眼泪悬悬欲掉，小嘴一撇一撇，就要哭出来。看得我心酸，但心里也觉得欣慰，儿子和我一样，还是重情重义、与人为善的，他从遥远的巴丹吉林沙漠，跟着我来到这座陌生的都市，他们两个孩子，曾经一起偷养过一只猫，还有一只小狗——都是被遗弃了的，后来被那个男孩的妈妈强行禁止了。

我一直觉得，男人要心善，柔软一些，但这种柔软，不是"娘"，而是对他人和他物的仁慈和善待，以及应当具备的同情和悲悯。

当然，那男孩的母亲也有自己的考量，至于什么原因，不得而知。作为父亲，我可能更在乎自己的儿子。两个孩子绝交之后，儿子黯然了很久，时不时还念叨那男孩的名字。有些傍晚，我带着他去附近的白家塘街、文书院街等地吃东西、买文具和散步时候，他总是会和我说一些很有见地和中肯的话。针对我写的那些东西，他会说："老爸，我觉得你现在写的那些乡村旧事，与时代脱节了。这个时代，人工智能、地球物理、黑洞的发现、质子、原子、量子……科技肯定成为我们全人类的主要课题。你现在还写那些，肯定落伍了！"他还说："你写的老家的那些人，其实他们也很可怜。看起来一时得逞，占了爷爷奶奶的便宜，可最终，他们失败了。"他还说："科技使人变异，将来的社会，肯定是和以前、现在完全不同了。人会被自己或者其他的一些事物所蒙蔽，也会被篡改，伪装能力更强。基因编码之类的，可以使人更加为所欲为。同时，这也是人类的灾难，特别是自己害自己的开始。"如此等等，他那时才十二岁，对这些话，我竟然无力反驳。

每天早上，吃了饭，我把儿子送到大院东门外，看着他骑着车子，消失在早起的街道，才返回公寓房，过一会儿，去上班。下午，则很早就站在公交站牌下，不停张望，直到儿子骑着自行车到跟前，才和他一起回去吃饭，或者到文殊院找他喜欢吃的。有一段时间，他喜欢吃陈麻婆店里的酸辣粉，我也随着他吃。每天早上，我都是煮稀饭，加面包，他吃得有些烦了的时候，就和他出去吃包子稀饭。那一段时间，是我和儿子独处最多的。有时候，看到天都黑了，还不见儿子的身影，就沿着他回来的方向，跑步去找，看到他了，不安的心才恢复平静。他骑着自行车走，我一路小跑，跟在身后。

有几次，儿子回来很晚，我就急得不行，跑到学校去找，问了老师，才知道他留下来打扫卫生或者有别的事情。到初三，我们住到了家里。每天早上，他妈妈开车送，或者我和他一起，打辆车，把他送到学校，我再去单位。下午，我下班早，就到学校外面等他放学。他正在长身体，下午必定很饿，我给他买些吃的，巧克力或者士力架之类的。站在人群中，眼睛盯着每一张从校门出来的面孔。他背着书包出来了，我接过来，背在身上，和他一起坐93路公交车回家。有一次，他妈妈回老家去了，我在家里做好了饭，开着门，等他回家，可天黑得找不到北了还不见他回家，我急得直哭，急慌慌地跑到公交站，看着一台台的公交车，不停搜寻那张熟悉的脸。接到了他，我很开心，帮他背书包，一起回家。还有几次，我找了很久也没找到他，沮丧慌乱地回到家，电梯一开，发现他居然蹲在墙角看书。那一刻，眼泪怎么也止不住。也就是在这一年，前妻多次凶恶地对我说："儿子大了，不用接了。"但我还是要去。每一天，心情沮丧地从江汉路到天府广场下车，再转到文翁路，和诸多的家长一起，站在学校门口，静等自己的孩子从无数的孩子中出现，然后回家。

再后来，儿子到绵阳读高中，我也转业到了地方。天府广场极少去，每次路过，都觉得很伤感，也很温暖。想起自己当年一个人散步的情景，在车流和人海之中，一个外乡人始终是孤独的，眼前再繁华，也和自己无关。美女再美，也是他人，唯有自己的妻子才和自己是一个整体。每次想起那些年在成都的时光，最美最好的就是在大院陪儿子读书的诸多细节和情境了。周末时候，父子两个，有时候手拉手，在人群中穿行，有时候则肩并肩，在成都大街上横穿而过。几年之后，儿子去武汉读大学，他也由一个小孩子变成了一个194厘米的小伙子。而我再娶，又有了一个小儿子。他们两个，都是我这一生至亲之人。我也始终相信，很多年以后，大儿子锐锐一定会想起他小时候，我和他从江汉路到天府广场的那一段路，只属于我们父子两个的那一些短暂而又温暖的光阴。

剑南大道的林荫

　　婉转的不断的鸟鸣把日子显得安闲、清爽、自在，还有股天籁的味道，和不远处主干道上奔来驰去的汽车和前赴后继的电瓶车形成鲜明对比。这是小区后面，由榕树、玉兰、槐树、黄葛树组成的密林，位于主干道一侧，巍然而翠然。林中相隔不远的数条长椅上，总是有人闲坐，老人们拉二胡、吹口琴、打四川麻将，或者相顾无言，身上落着几缕泛黄的日光。年轻人则斜着身子半躺，算是休闲。中午时候，附近工地上的民工也会过来，铺上几张报纸或者塑料袋子，整个身体贴着木板，稍作休息。

　　闲暇时候，我带儿子可可去林荫当中溜达，他扭着小屁股一会儿跑起来，一会儿又蹲在某一朵花前，伸出小手指，害怕似的触一下，又飞快撤回。他才两岁多，一个小男孩，对这个世界还是比较好奇的，他有

141

自己的快乐、童真、童趣，与经常出现在林荫道中的成年人明显不同。我常常羡慕，人生当中，唯有孩童时代是最美好的，一切遵从天性和本能。而人，一生下来，就具备了审美与自我愉悦、不快等能力，这是奇迹。

久而久之，我还发现，不同的老人，对待孩子的神情也大不相同：一些人本来面无表情，一看到孩子，立马展开一抹笑意；一些人依旧无动于衷，神情紧绷，表情漠然；还有一些人，会伸出手臂，招呼孩子过去，作势欲抱。我现在的年龄，介于他们之间，一个正在老去，一个正在成长，中间是百无聊赖又无可奈何的人生中年。

老人和婴孩，是生命的两个极端甚至极致表现。以我的年龄，很多人都做了爷爷或者姥姥，我却又生了一个小儿子，欣喜、珍爱是必然的，但有时候也会陷入一种难以言说的悲凉之中。世上所有的生命，都是需要陪伴的，不论是谁，只要生下来，做父母的就有了义务和责任。人间最好的事情，是所有在一起的人，都能够长久陪伴，给予对方力所能及甚至奋力而为的、必要的呵护、鼓舞和温暖。然而，我有些老迈了。等他长大，我已经是古稀之年了。很多事不可细想。看着自己的小儿子，再看看林荫当中诸多的花朵，心里总是有一种难以言说的紧迫感，甚至还有一些生命过于仓促的喟叹。

其中的玉兰树大都高不可攀，粉红或者洁白的花，一大朵一大朵，白色的犹如倒挂的莲花，粉红色的则令人联想到神话中的蟠桃。我抱起儿子，站在小的玉兰树前，让他仔细看一下花朵盛开的模样。玉兰花的香味总是被风打劫而去，它们狂放大胆地开，缀满整棵树，庞大的花朵，看起来有些奢侈和沉重。几天后，它们的生命就开始衰微，花瓣犹如被故意撕碎了的白纸或者裙子，很重地摔在地上，发出啪啪的响声。

玉兰花有点像人的童年。童年时看着周边的成人，总觉得自己长得很慢。但是，在成年人的经验里，所有人的童年都很短暂，我们都想着永远待在童年，永远不长大，自己和父母等亲人也不会变老。

可孩子们不知道成年人的隐痛，他们的小脚很轻快地踩过玉兰花，然后继续咯咯笑着跑远。

这林荫连接了三个小区，尽管有街道隔开，但也是连贯的。有一次，我在诸多的花草中发现了艳山姜，它的花很别致，像是小孩子的手臂，红艳艳的，像变形了的大红鸡冠。冬春之际，茶花常开，这种花极其常见，与之相伴的，还有三角梅。前者红得有些过分或说媚俗，后者则更像是新婚的女子，有些娇艳。

儿子不怎么喜欢亲近茶花，或许司空见惯了，或许在他一个孩童的心里，对特别妖艳的植物没有感觉。每个人都是不同的，倒是有些女童，总是喜欢在那些花花草草面前逗留，忍不住伸手摸摸，或者认真端详，伸出小手指，在花瓣和花心上触探一下，然后一脸的不解与惊讶。

女性的天性中就有花朵的性格和"成分"，两者之间，也肯定有着一种非常隐秘的"互喻"式的感应。林荫道上，总是有人来去，其中也有青春貌美的女子，她们大都步履优雅，神情高傲。当然，也有一些疲惫。人和人之所以不同，就在于个体之间细微的差异。我在林荫中看到，总是会不自觉地猜想她们的出身和职业，当然，女人的年龄是最藏不住的。其实每个人都是如此，再高超的美容术最终都是徒劳。

因为是休闲之地，小区周边的林荫道上，平素最多的还是上了年纪的老人和带着孩子的中年人，大都来自四川各个县市，当然也有河北、陕西、河南、青海和甘肃等地的人。如我岳父岳母一般，退休了，也上了年纪，唯一的心思都放在了儿女和第三代人身上。这是中国人的一个美德，之所以动人和感人，是因为每一个家庭和家族的血脉都是连续的，都不会因为隔代而显得隔膜和生疏（当然也有家庭矛盾严重的，这也是人间万象之一）。这种"血缘的互助"，是中国古老的宗族社会的一个"遗留的影子"。

冬天天气清朗之时，几乎所有的爷爷奶奶、姥姥姥爷，都带着自己的孙子孙女，有的还是双胞胎，齐刷刷地聚在林荫当中，或看孩子们滑滑梯，或者来来回回地推着他们看周遭的人和稀奇的事物。老人和老人之间，也开始扎堆，脾气相投的，常在一起说东说西，孩子之间也逐渐熟悉起来，然后发展到两家一起吃饭，一起带着孩子到某个游乐园、公园、海洋馆之类的地方去玩。中国人之间的这种"人以群分"，其实是"自洽""互融"的现实表现，在不涉及具体利益的前提下，大家都会相安无事。

因为姥姥，我们的儿子可可也和同小区的几个孩子熟悉，相互之间交往也颇多。孩子和孩子之间的玩，其实也很讲究缘分，有一些孩子一见面就相互"闹意见"，彼此天生没有好感，不愿在一起，同时变得极其吝啬，不愿意分享，同样的玩具，本来有两个甚至更多，两个人却对其中一个弃之不管，热烈地争夺另一个。有些孩子之间天生就很和谐，有玩具一起玩，不争不抢，一方宁愿自己不玩，也要送给另一个。这种情况，多数发生在女童和男童之间。异性之间天然的"相互谦让"，似乎也体现了人的基因里某一种固定的"程序"。

我以为这也是美德，人的诸多本性当中，一定有利他之要义。很多邻居说，我这个小儿子长得也很像我，妻子说我基因强大。对于男人来说，当然是好事。我发现，小儿子在很多地方和我确实相像，比如，遇到自己喜欢的小朋友，很慷慨。有一次，我说我小时候爬树很厉害，为了示范给他看，爬上去，他就很担心，仰着头，用含糊不清的话说："老爸，危险危险，快下来！"还有一次，他姥爷站在高处，他也这样喊。一个孩子，有恻隐之心，也是令人快慰的。

林荫一年四季苍翠，也有落叶，飒飒下落之后，新的叶子又萌芽、长成，理所当然地接替了前者。林中的野菊花一年四季地开，一朵朵地黄，卑微而又热烈地在风中摇动。海棠花和樱花开放的时候，花瓣把有些发暗的林荫也照得犹如敞开的宫廷或者美轮美奂的海市蜃楼。花朵也是有光的。它们不直接，甚至有些隐秘，但暗中的照耀，更能体现人间可贵的爱与慈悲。

有几次，我带着小儿子坐在木凳子上，给他说一些话，他也爱听，嗯嗯呀呀答应，也会对我说一些话，但显然没有耐心，不一会儿就自己翻转小身子，很快滑下木凳子，到其他地方去玩。我只好跟在他身后，护着他。为了让他多跑跑路，总是和他玩老鹰抓小鸡，他咯咯笑着，跑一会儿，然后停下来，回头看我。通常，我带着他到林荫道尽头的小竹林，围着几丛茂密的毛竹转几圈，才返回。

桂花开的时候，蜜香浓烈而又黏稠，冷不丁地灌入口鼻，甜得令人发晕。每一次，我都会凑近，看着小小的桂花，心里总是想：这么小的花朵，怎么有如此浓郁的芳香？也可能是越小的事物爆发的能量越大。这好像是一个哲学层面的问题。儿子有时候也学我，大声说："好香！"虽然他不怎么会说话，但已经开始感知和接触这个世界。相比亲子中心和其他早教机构，我还是愿意和他在户外的林荫道中玩耍。自然从来就是人类的庇护所，自然中的每一棵花草树木，以及它们的生成、凋零，茁壮或枯萎，所经历的每一次的风吹雨打、水淹土埋、新生枯槁，以及它们在不同时刻的状态，都是富有启发和教益意义的。

　　小区林荫道上，大多数时候都是有人的，老年人居多，当然也有从此经过与上下班的人。更多的时候，它是孩子们的聚集之所，其中的树木花草不断变换颜色，此花落了，彼花又开。我常常想，多年之后，儿子肯定也会记起这一片林荫道的，也会将之当作童年的乐园。就像我们，年龄越大，越是会时常想起小时候的沙滩、草垛、月光下的街巷，以及河边的草地与山岗上的翩翩蝴蝶。

剑南大道与锦城湖附近

剑南大道和府城大道交叉口，有一幢貌似公寓的建筑，四周常年长满荒草，看起来似乎长期闲置。公寓这种建筑，大致是为外出打工的年轻人和某些私人企业设计的，多数用来出租。人活着当然要工作，而工作的目的，是为了活着和活得更好一点。如果没有一点烟火气，这人间，也就少了趣味，人活着似乎也没有了意义。这栋楼附近，是比较繁华的仁和新城和象南里商业街，出入的人不少，算是这一带豪车与美女的集散地之一。儿子也报了其中一家早教班。对早教这类的教育机构，我一直怀疑其科学性与目的性。虽然现在很多人依旧用孟母三迁的典故来说明教育环境的重要性，但人的天性和命运因人而异，很多方面不是提早教育就可以决定的。

我们所居住的小区，据说是成都南门之外的网红盘之一，毗邻地铁五号线。所谓成都南门，大抵是一个老的说法。老城时代，南门大致指华西坝一带，今则延绵到了双流华阳等地。据说，秦灭蜀后，纵横家张仪又在原古蜀国的旧址上修建了东少城。随后的成都建设，整个外形看起来像是一只巨大的乌龟。北门、西门、东门、南门，各有特点，当地有顺口溜说"东穷，北乱，西贵，南富"，大致是改革开放以来，人们根据成都四个方向的特点概括出来的民间经验之谈。世上没有绝对的事情，人择地而居，是个人的取向，也是机缘巧合。就像现在的我，当年调来成都，也没顾忌什么"穷乱富贵"，无意中选择了成都之南。那是2012年，桐梓林向南的多数地方还都在建设当中，多数小区和街道上甚至没有一家餐馆，服务设施更是稀少，有朋友来吃顿饭，还要跑到三公里之外的益州大道附近。但三四年之后，桐梓林和火车南站之外的庞大地段忽然就繁闹了起来。

和平环境下的城市呈爆炸式发展，几年时间，便将老城区甩在了色泽暗淡的过去年代之中。现在的成都，早就将旧有的四个门淹没掉了，老城就像是汪洋中的一座船坞，它的四面才是真正的当下的成都。

城市不断吸引人来，就像一个巨大的机器人，胃肠道的容纳与消化、过滤功能尤其强大。拥挤在城市似乎不怎么符合人类的天性，倘若教育、医疗资源平均分配到各个城市和乡镇当中，想来也不会有如此庞大的城市。城市的本质不是聚拢人，而是利用其地理位置，以及资源整合、出入有序的"聚散"效率，对诸多的物质、文化、思想、经济和政治资源进行疏解和"传递"。

记得有一年，我到甘孜州九龙县一个建在山尖上名叫海底村的村庄，其海拔在3500米以上，那么险要的环境，至今还有人生活。当时我就想，他们之所以选择在逼仄的山尖上建村生活，肯定受制于当时的外部环境，如战乱、瘟疫等，山中才是安全之地。而当世界和平，特别是中国这些年来的发展超乎寻常，人们便会将进入繁华之地作为一种梦想。

城市最初作为一个市场，即商品集散地，一直处在动态发展当中，成都如此，世界上其他的城市也如此。只是，我觉得，城市不应当过快扩张，应当有一些节制。人类在某些时候的大规模聚居，远离田野与山地，看起来是一种生活和文化、文明的靠拢，可也失去了真正的自然，即大多数生命失去了源自自然、师法自然的坚韧性与灵性。

每次，我和妻子带着儿子从小区出来，一般都选择沿着剑南大道向南散步。在公园城市建设上，成都无疑有着得天独厚的条件，路边绿植从不间断，几乎每条主干道和街巷当中都可以看到一年四季的姹紫嫣红与浓郁的苍翠之色。车辆呼啸往来，彻夜不停，路边的绿植收纳噪声，也使得居住在周边的人可以寻到阴凉与闲坐之所。

剑南大道呈南北走向，途经武侯区、高新区、天府新区和双流区，直达黄龙溪古镇，穿过第一和第二绕城高速。我们居住的大抵是剑南大道中段，毗邻锦城湖公园、环球中心和金融城。相比锦江、青羊、金牛、成华等老城区，建筑崭新，道路也颇为宽阔。但也可以明显地看到，还有一些小区和公寓多年闲置，门庭冷寂。大致是，那些租住的人，只是将其作为一个安眠之所罢了，并不在其中生火做饭，养儿育女。有一段时间，我无端地想，修建这么多的房子做什么呢？有的甚至几十层高，擎天玉柱一般，根根竖立。仰望，有些阳台上晾晒着花花绿绿的衣服，一台台空调主机好像一群白色甲壳虫，吸附在楼梯上。样子怪异，而又整齐划一。

再向南的交子大道也颇为繁华。晚饭之后，散步的人多，有些小区显得高档，但似乎看不到孩子喧闹、追逐欢笑的声音，倒是不断有穿着时尚、新潮，且浓妆艳抹的女子进进出出。对这样的情景，我有些厌倦，也觉得，很多的建筑其实徒有其表，如果房子不是用来制造充满人生趣味的人间生活日常，那么，它们的存在就有些乏味和累赘。交子大道和天府大道之间，有被称为成都新标志的双子塔，即两座相近、外形如柱子的建筑，它们矗立在诸多的高楼之中，显赫而又新颖。一到晚上，霓虹开启，炫彩夺目，轮播着各种广告，与之相邻的，便是环球中心。

环球中心之外，是锦城湖公园，面积不算大的湿地公园。据说，锦城湖公园一侧的一小区是成都房价天花板之一，2015年起售的时候，均价已经超过4万，现在6万也不一定买得到。其周边，除了锦城湖天然的湿地，还有东城根街小学和泡桐树小学设立在这一带的分校。湿润的空气、开窗可见的湖水和草地、就近的教育资源和濒临新的城市政经中心，当然会使人向往，也望之兴叹。

人们对"中心"的热衷是一种真正的中国文化传统，无论是《易经》认为的"天圆地方"，还是《春秋》中的"王者无外"，都在长时间影响和左右着中国人的思维。就此，连近代的大学问家梁启超也有豪言说："立于五洲中之最大洲而为其洲中之最大国者，谁乎？我中华也。人口居全地球三分之一者，谁乎？我中华也。四千余年之历史未尝中断者，谁乎？我中华也。"可我们所在的这个年代，有些人已经没有了家国情怀，也没有了以天下为己任的担当。人人趋向的并不是文化的中心，反而是物质资源的中心。这也是一种时代病。当然，文化也正是在这种带有野蛮性质甚至"流血"的原始性当中得以积累和形成的。对于人自身来说，最好的居所不是犹如鸽子笼的高楼，而是接地气与自然亲近的大地表面。可城市的本质就是要把人从自然中自我剥离出来，进入人造的氛围之中。尽管不断把花草等引进城市，但也不过是一种装点。

锦城湖旁边，是高新派出所。那是一座五层高的小楼，我曾多次去那里补办身份证和户口簿，也去办过离婚证和结婚证。与之相对的，是一座新建的寺庙，至今不知道叫什么名字，很多次我想到里面看看，但似乎没有开门。不远处的锦城湖面积不算大，总是有很多的人在岸边闲坐或者散步、跑步，湖水不深，周边长着芦苇，其中有几只鸭子，不时接受着人们的投喂。冬天太阳现身，光焰温热，诸多的人会开着车子，拿着毯子、凳子，在草坪上晒太阳。

我也喜欢坐在冬天的日光下，晒着太阳，喝一杯红茶，看锦城湖湿地上空偶尔飞过的飞机和白鹭，在车声和人声之中，感受日光给予的从肉身到灵魂的暖意。很多时候，我和妻子也会带儿子芮灼去玩，他只对"黑掌拨清波"的鸭子感兴趣，也喜欢在斜坡上奔跑，他趔趄而又欢快的样子，总使我很羡慕。要是可以，我和他换换位置和身份，该是多好的一件事情！可这只能是幻想。人总是在年老的时候，羡慕比自己更年轻的人，却在自己尚年轻之时，鄙夷比自己年老的人，殊不知，自己也难逃衰老的命运。

从锦城湖一直向东南，便是流光溢彩的环球中心。那座听说很有设计感的现代建筑，我多次路过，也吃过饭，但从没有特意浏览过。对于诸多商业综合体的不热衷，是男人的通病。这世界上，可能女人会更多地对物质充满不懈的好奇，而男人，可能更注重创造物质。

所有的建筑及其中的设施、商品及其他内容，无论在哪座城市，其实都大同小异。就像附近的银泰in99，也是一个售卖高档商品的商业中心，我也去过几次，也买过东西。但不知怎么回事，在那样的地方，我总觉得不自在，即使它富丽堂皇、应有尽有，但仍觉得寡味。商品永远都是商品，都是物，尽管我不排斥城市及其一切，但也隐隐觉得，无论什么年代，那些真正打动人心、给人十足的妥帖感的，还是那些花草树木，还是置身于泥土大地上最为安然与安心。

三鱼萌狮与三岔湖

居然看到了摩崖石刻。成都平原这个地方，尽管没有诞生时间较为长久的王朝及统治政权，但从来不缺令人惊艳的文化和文明。三星堆、金沙遗址肯定是堪与埃及金字塔、英格兰西南部史前巨石阵、墨西哥玛雅文明等相媲美的古文明遗存。这些同在北纬三十度神奇线上的神秘古迹，显然是一种迥异、神秘而又精彩的文化存在。由此来看，在今成都东部新区境内赫然出现三鱼摩崖石刻也就不足为奇了。我只是奇怪，三条同首不同身的鱼的石刻，在刻绘者的内心究竟源自怎样的一个构思，抑或，他们想要借此表达什么呢？

在石头上写字和刻绘图画，历来被看作是古文明时期，先民们为了记录自己的日常生活、祭祀、庆典、精神、信仰等而采取的一种铭记（记事）方式。在中国宁夏贺兰山发现的贺兰山岩画、新疆哈巴河巨石河谷中的象形图画，还有甘肃嘉峪关的黑山岩画，便是其中的代表。我猜想原因大致是，这样的情况与人类开化时间有关，较之于文化启蒙和普及力度较大的早期东方儒家文化圈，西北乃至西南地区的先民稍微迟缓了一些，为了效仿或者探索出自己的语言文字，他们利用石崖进行记录和"改进"。

面对三条同头不同身鱼的摩崖石刻，我不断冥想。斯时，正是成都的暮春，天气忽然暴热，忽然又因为白日阵雨和夜雨迅速降温。2022年的气候大致是异于往年的。但成都平原历来是物阜民丰，气候宜人，是其他地方难以相比的。正午时分到三鱼萌狮文化村，远看这平地沃野之中的村子、湖泊和草甸，似乎和附近的其他村落没有什么两样。进入其中，却被这难以究问来历、理清脉络的汉代三鱼同头的摩崖石刻震惊了。

两条鱼身平行，另一条由上而下，三条鱼身在其头颅处混合，这种奇怪的表现，有悖常识但又丝毫没有违和感。从笔画上看，工匠刻得也极为精巧，整体看起来，有一种朴拙的大气之感。我想到，这或许是汉代某个牧羊者，在放牧羊群的无聊时，用铁刀或者石刀随意凿出的一个图形而已。但这个说法似乎又不成立。人在很多时候的行为，都出自思维，而思维则大都是内心的产物或者受某种情绪和精神的驱动。因此，单纯的行为基本上不存在，只有下意识的某些反应而已。再或者，东部新区乃至整个简阳大部分地区，斯时可能还是一片湖泊或者湿地，而三鱼萌狮文化村这个地方，则可能是一座小岛，岛上的居民在此渔猎生活，为了食物，从而祈愿那湖水里能够多一些鱼，使得每个人都能在需要的时候满载而归，过好各自的俗世生活。

但这样的想法似乎也不太精准。在那个年代，祈求风调雨顺、五谷丰登，大抵采用某种祭祀仪式，而用铁刀在石崖之上刻下图画的行为，大抵和精神信仰相关。东汉时期的成都乃至整个巴蜀地区，张道陵及其五斗米教虽然创立不久，但其在鹤鸣山乃至整个巴蜀之地的作为，大抵是深入民心的。再加上相传他又是西汉开国良相张良的后人，肯定也有相应的号召力。这三鱼同首摩崖石刻，更像是一种代表祥瑞之意的道教符号。鱼被称为"八吉祥"之一，寓意为在水中自由自在，适得其所，又表示如鱼得水之人生坦途。葛洪《抱朴子·对俗》中说："夫得道者，上能竦身于云霄，下能潜泳于川海。"而传统认为的太极图，也被称为阴阳鱼。由此，我想到这三鱼分身而同头的石刻，似乎是在祈愿天地人和与同心同德。再或者，这石刻乃是表达"三生万物"之老子道家思想？

以图像的方式进行表达，一方面是苦于没有合适的语言及语言的表现方式，另一方面，其中的含义与暗示更重要。这就像诗歌，大白话尽管明白晓畅，妇孺可懂，但毕竟少了"不可解"与"隐喻""象征"的玄妙与趣味。三鱼同头石刻一侧，又有"鱼跃龙门"，上面的石崖上刻着四个字，还有落款。石崖之下，有一汪清水。此寓意，是尽人皆知的。周边青草丰密，其中花朵显眼，在朗日的照耀下，一切都显得生机勃勃，平和安详。美好的愿望是促使人不断长进和奋斗的精神动力，对一切事物寄予向上向善的寓意，是人类从一开始就具备的一种非凡能力。但在圣贤的"维度"与"理想"当中，生活在世上的每一个人，最应当做的事情乃是在"独善其身"的基础上，力所能及地"兼济天下"。

这三鱼萌狮文化村，是一个洼地所在，四边都是土岗。当然，成都平原的每一处，都是青翠和苍郁的，哪怕是石头缝隙里，也长着绿色植物。其中还有一些不知名的昆虫，偶尔有白色和黑色的蝴蝶在某一朵花上翩翩起舞。翠鸟振翅使得空气发出各种啸鸣。走在其中，春光均匀且明丽，有风不断吹来，也不觉得怎么热。对面的汪家大院好像很古朴，面前有一面湖，水面平静，细小的涟漪不断荡开，犹如时间的皱纹。再去汪家山，迎面的石狮子发萌而发憨，高6.5米、宽3.37米、长4.7米，坐西向东。这种狮子造型，似乎绝无仅有。其他的石狮子，不是威猛凌厉，就是庄严沉肃。这三鱼萌狮文化村的石狮子，居然是这样的造型，简直出人意料，它抱抚的幼狮也显得小巧可爱，如稚儿乖而萌。

无论是肉食还是草食动物，在对待后代的态度上，都是慈悲的，也都是深情的。萌狮在此被雕刻，且还是一整块的石头，其工艺之精湛，构思之巧妙，在全国罕有雷同。如同三鱼同首石刻一般，这萌狮大致也是有其特定蕴意的。这萌狮的雕刻时间在清朝道光年间，相较于不远处的三鱼同首石刻，还是比较新的。我在想，这萌狮的寓意，可能也和民间期盼祥瑞有关，改变狮子原本可怖的猛兽形象，再加上它们对幼崽的呵护等元素，表达的似乎是对新一代人的期望，既有狮子的威猛与骁勇，又有父亲对幼子的关爱。再或者，这东部新区乃至整个简阳，在那一个历史时期经常发生一些洪涝灾害，这样一种别异的石狮造型，表现的该是祈求平安、体恤生命的意思吧。

登上观景台，天府机场赫然在眼前，它对成都乃至整个西南地区的经济发展和融通都有着极其重要的作用，也使得新成立的成都东部新区有了一个强大的交通枢纽。站在百花簇拥的高台上，一边是飞机轰鸣，一边则是沉浸在岁月之中的古老石刻，一新迹一遗迹，一崭新一古老，一现代一沧桑，这种对比，像极了我们所在的这个时代，既有新的梦想和蓝图，又有雄厚绵长、独特而又鲜明的文明文化背景，这肯定是一种同气连枝的相辅相成的亲和关系，更是一幅壮观的前赴后继、推陈出新的可人景象。

就像不远处的三岔湖，在很多年前，无数的成都人民投入其中，肩扛背背，举着镐头，挥动铁锹，奋战在这古老的平原上。很多人受伤甚至罹难，他们用自己的血汗，历时数年，建起了三岔水库，使得常年漫漶无际、了无遮挡的大水真正利于大地，利于民众。多年之后的现在，三岔湖依旧波光粼粼，风行水上，星罗棋布的岛屿之上，不仅有先民们的坟和家园，还有他们对成都平原、龙泉山脉的累累记忆，比如长期作为驿路与巴渝通道的简阳，及其周边的德阳、眉山、资阳等地，在时间中经历的烽烟与商旅，繁荣和落寞，衰败与美好。在三岔湖上泛舟，碧蓝的水不断被螺旋桨翻起水花，远处的岛屿，梦境般若隐若现。丹景山似一个巨大的墨点，在平原之上突然升起，那种柔婉的蜿蜒和青碧，堪比三岔湖水。更远处，龙泉山上的张飞营、乾封庙等遗迹虽然看不清楚，但看那片起伏如龙的绿影，便可使人联想到诸多与此有关的历史故事和神话传说，每一个故事当中，都带着生动的人间烟火和王朝细节，每一个神话传说当中，也都闪烁着先人的奇思妙想和过人智慧。我想，无论历史还是当下，我还是你，他们还是我们，世上的一切，本质上都如这水，时时刻刻都在分散、下潜、上升、混聚与深入万物的骨头和血脉。

成都烟火日常

成都烟火日常

环卫工人

　　总是和他们不期而遇，还都是在特殊的时候。我下班，拖着一身的疲倦。这时代乃至整个人类的历史，都由一个个江湖组成，大的小的邪的正的，我们都在其中。累的当然是身体，更累的，则是心。以前我常在文殊院和天府广场、万福桥一带活动，当我觉得孤独或者悲苦、荒凉与凄怆的时候，就会看到环卫工人，他或者她，在某个墙角坐着打盹，下雨天，他们会在某个屋檐下避雨。

　　环卫工人坐在潮湿、阴冷的角落，抑或稍微热一点的水泥地、瓷砖上，再或他们携带的扫把把子上，他们的脸上几乎没有笑意，一点都没有。他们低着头，任自己的身体蜷缩，脑袋垂直向下，进入短暂的睡眠。我相信，这样的睡眠是不会做梦的。因为，这种睡眠已经摒弃了对人世和人生的所有期望和幻想。

这不是在说环卫工人就是悲惨的。恰恰相反，这些老人，显然已经到了耳顺之年或者从心所欲的阶段了，一生的命运已经昭然若揭，苦难和不幸，幸福和愉悦，似乎都再难以令他们感觉新鲜了。其实，按照传统的孝义，这样的年纪，他们早该过那种颐养天年的悠闲生活了，可他们还是要风雨在外。虽然不是重体力活，可整天都在街上，连一个休息的空当都没有，也是残酷的。我常常想，各管理和用工单位，应当修建一些供环卫工人临时休息的设施，哪怕是一间房子，有几张床也是好的，尤其是中午时候，能让这些老人家有个地方睡一会儿。

有几次，下着大雨，我淋成个落汤鸡，到公交车牌子下面避雨，同时有几个环卫工人也在避雨，有的干脆坐在湿漉漉的地上，有的则靠在杆子上。那一刻，我觉得心疼。看着他们堆满怨艾或者出奇的平静的脸，忽然想起自己的父母亲，乃至爷爷奶奶。还有一次，是秋天，我步行，在某个街道一棵大的银杏树下，看到一位环卫工人坐在下面打盹。我心颤了一下。走近，却发现这个人长得特别像我父亲。

那一瞬间，我想喊爹，那个字的发音已经到喉咙，才觉得这不可能。我的父亲已经去世十年了，怎么会在这里？不可能。我走过去，在他身边停留了一会儿。先是觉得温暖，之后是悲怆。此外，很多的早晨，都是天光将亮不亮之时，在高速路出入匝道，还有主干道和高架路口，车行如水，速度还很快，一些环卫工人在作业。我从窗口看到，替他们捏把汗。也觉得，这样的工作确实存在很大的危险。我总是想，他们不要这时候在那里作业方才是恰当的。

很多的危险来自日常中那些看起来很正常的瞬间。瞬间，这个词，对于人来说是一个具有严重意味的特定时刻。比如，车子出事，往往在一两秒之内发生。很多的死亡也都是瞬间。瞬间之中，含纳了诸多的不确定。这种不确定，反映的是生命的无常。我们所在的这个世界及其自然分割的空间之中，潜藏了多少的生死无常与悲欢离合？真是悲催。也真是叫人心生绝望和慈悲。

记梦，或者与故乡的关系

2020年7月12日，周日。在府城大道附近的家里，短短一小时的午休，居然做了一个梦，我又回到故乡，即南太行乡村。梦中人事依旧，只是众多人聚在一起，只有一个议题，那就是我们这些快奔五十的人，却和当年的几个孩子聚在了一起，事实上，他们也无可奈何地在长大，还都在农村。其中，有一个男的一直在村里耍愣充横、喜好暴力和暗算，好像和我挨着很近，显得还很亲热。对于他，我还是有些发怵。在乡村，这样的人家对本分的人家还是有威慑力的。

几千年来，乡村一直有着非常强韧的暴力传统。

在梦里，我对他说："我结婚的时候，你好像才出生。记得某一次，我还在你家门口抱着你，跟你爹你娘说话。"如此等等。即便是在梦里，我还是觉得自己的这句话中有着一种谄媚的意味。后来，话题又转到马上奔五十岁的恐惧。好像我们当中有人说，人一上五十岁的年纪，就会有一个不可避免的灾难。

至于到底是什么样的灾难，我却不清楚。

倏然醒来，觉得这个梦有意思。也想到，像我们这样的一些进城的农村人，终究是百无一用的。第一，无法为故乡做谋利益的事儿，也不愿意违心地说故乡如何的好和美。它确实有时候很美，但只是自然环境和极少数具备美德的人，诸如行为方式、地域思维和人性恶的过多暴露与演绎，是和美与好丝毫不沾边，甚至背道而驰的。第二，个人的力量对故乡毫无影响力。因此，故乡是嫌弃我的，也是不在乎我的。

在今天的各个城市里，像我这样的人何其多？那些进城之后，没有谋取到更大权势与资本的乡村人，无论在城里如何光鲜，对于故乡的人而言，都不过是一些传说。而传说这个词用在这里，也是毫无生趣的。不如说，在故乡人眼里，进城的人，不过是从他们的阵营里逃逸而出，尔后又进入到另一个与他们境地相同的群体当中，换一种方式，在世间庸俗生活，苟且活着而已。

观察一个女人

新街里一个小店，主要售卖烟酒，刚开不久，我就发现了。这一点，大抵是烟民的好处，凡住在一地，很快就摸清了周围的环境。这个烟酒店，酒的品种可能少些，但烟的品种算是这一带最全的了。我第一次去，他们夫妇都很热情，尤其是那个女的，不到三十岁的年纪，有着传统四川女子的身材，眼睛圆，颧骨高，说话一口一个哥。你买几包烟，哪怕是一包烟，她都会送一个打火机。

至今说不清原因，在这个女的面前，我一直有一种怪异的感觉，说不清道不明，每次到她店里，或者在路上遇到，我立马就会觉得浑身不舒服。当然，为了买烟，我还是经常会去她店里。她丈夫也是典型的四川男人，根本谈不上个子和身材，长方脸，看起来就是十分精明甚至奸狡的那种，留着一个大背头。一来二去，相互加了微信，为的是买和卖方便，她说他们可以送货上门。后来一次，陪前妻去新街里洗头，我在店铺外面等候的时候，又转到她开的小店。她依旧很热情，说"哥，好久不见了。今儿个抽哪种的"，然后逐一介绍新到的香烟品种。

我选了一包新的黄鹤楼，好像五十块一包。她依旧送了一只打火机，又热情地说："下次再来啊哥，慢走啊哥。"到理发店外，我继续等前妻，坐在一张木凳子上。正在抽烟，她过来了，牵着一个五六岁的男孩。看到我，她的眼睛斜了一下，然后很骄傲，不，应当是很阴冷、残酷地从我身边飒飒走过。要说起来，我和她只是主顾关系，而且还是极其生疏的，绝对不会有任何一丝其他瓜葛，但她带给我的，怎么就是这样的一种感觉呢？

这里需要说明的，我不是责怪她没有笑着给我打招呼，说客套话。

多少次以来，无论在她店里，还是在周边的其他地方遇到，我总觉得有一种极其糟糕甚至有些害怕的感觉，有点像"磁场不对"，或者说"极度相斥"，但也不够恰切。我想了很久，才觉得用"发自本性的阴冷、市侩、狡诈和残忍"这样的句子才稍微合适一点。

在成都这座城市，我生活了差不多十年时间，几乎每一天，都要与上百人相互路过与看见，但从没有人像她这样，一见面就令我心生不适。事实上，如此说一个陌生人，是不道德的行为，可是我总是会这样以为，甚至，一想到要去他们店里买烟，心里就会忽然产生出以上的一些不安和不适来。为此，我也想了很久，直到最近，我才忽然明白，其中的原因其实很简单，那就是，我小时候，在我们南太行乡村乃至附近的几座城市里，我不止一次地遇到和她同样的一些开店的人，她们唯利是图，以算计他人、占便宜、泼辣阴毒为能事。

那些年，在故乡的城市以及村里，我遇到了不少这样的人。这样一来，我反而释然、豁然了。人间有多少人，就有多少颗心；有多少的遭遇，就会体验到多少种的人心人性。如此而已。

2022：低头与抬头之间

"低头或者仰首之间，又一年行将过去，打点好自己在尘世的伤口与行装，再度上路之前，最好用清水和灰尘，分别擦拭自己的肉身，以及风中的灵魂之脸庞。"

每年的春节，似乎是一场罹难。这种苦难并非普凡意义上的那种伤春悲秋，甚至现实中的疼痛遭际。相对于天地和万物，人类在时间这个大的"齿轮"当中，或长或短一点的生命旅程，尽管有愉悦、快乐和幸福，但总体上是悲剧的。小时候，天天盼着过年，那个年代，物质匮乏且环境封闭，每个人基本上都被固定在大地的某一处，城镇或者村庄。但总是觉得，过年是一个极其隆重的仪式，"年"这个传说中的"兽"，在东方文化中逐渐演变为一种团圆、和谐、美妙与吉祥的代名词及一年中最为重要的"现实与心灵的非凡时刻"。

对于出身乡村的人来说，春节在我们的内心和文化习惯中，是一个坚不可摧的存在，也是一个从里到外的心灵意义上的"年度峰会"。在物资匮乏年代，孩子们的渴望无非是曾经甜蜜但现在已经被视为"毒药"的各种甜食，还有简单的，甚至有些别扭的新衣服。再就是在黎明的黑夜，不顾双手冻得通红，耳朵和手脚犹如刀割，兴高采烈且又惴惴不安地，在院子里不断点燃烟花爆竹，爆炸的那种轰响与烟花在空中的绚烂与消散，那时候体验不到生命与世事的"两极"与"无常"、"须臾"与"轻忽"、"无奈"与"悲凉"，更对杜甫的"少壮能几时，鬓发各已苍"、李白的"光景不待人，须臾发成丝"等诗句中的人生意味没有任何的感触与印象。

那时候的乡村春节，是尊重、祭祀神仙与亡灵，从而使得全家人，无时无刻，都要有"心存敬畏"的心灵与精神。春节期间，无论是吃饭喝酒、动用寻常物件，还是亲戚乡邻之间相互走动，磕头拜年，说话办事，也都有各种的禁忌和规矩。比如贴对联的时间、清扫房屋和院子的次序、给长辈磕头拜年的时间和顺序等等，都是被"规范和设定"了的。年少不知人间事，当大人们说起，心里有些厌烦，也有些神秘，更多的是畏惧。这种畏惧，完全来自虚无，而那种虚无，肉眼不见，但无处不在，了无体感又觉得森严无比。

比如，在我们南太行山区的老家，大年初一早上，不可以对家里的任何成员说"咋还不起（床）？"，引申的意思是，"不起床，下年便会生病"，这是不吉利的表述。催促家庭成员起床可以说"起来，早点起，起来了"。这也是寓意在新的一年里，被催促着会各方面顺遂甚至走在他人前面。再者，太阳出来之前，不可以泼水，即便是夜壶和尿盆的尿，也不可以倾倒，只有放在暗处，等到太阳的光芒普照大地，人家再一次大亮之后，再悄悄地拿出去倒掉。这里面的说法，大致是，古人以水喻财。太阳没出来的时候泼掉了，就意味着来年会破财或者干脆挣不到钱。

此外，还有太阳出来之前不可以开抽屉，寓意也和上述泼水的寓意比较一致。如此等等的禁忌和说法，弥散甚至深刻在古老的乡野之间，是农耕时代，乃至中华传统文化、哲学和思维在民间的一种贯穿和体现。我幼年时候，只觉得过年是一件快乐的事情。而我经常看到的是，很多成年人却觉得无所谓，甚至流露出又长了一岁，时间真快的感慨。老年人聚在一起，还会发出"黄土又埋了一截"之类的悲叹。甚至，他们还会相互说年龄，这个说"过了这个年就是七十二了"，那个说"我八十一了"。如此说一圈，好像开会轮流发言，谈人生感想，然后集体叹息一声。当时我不理解他们的心情，从四十岁开始，却和他们有了同样的体悟，即人在时间之中，不过是一具成形的事物，不断地被暗中的刀刃砍削，以至于肉身悄无声息地发生变化，松弛、斑点，气力的衰退乃至精神上的萎靡等等，都是在无形中发生和展现的。

这就是人的悲剧。就像村里那些老房子，主人一个个离去，房子还在，虽然破旧，但还矗立着。物比人长久。这也是一个残酷的事实。但人才是物的灵魂。没有了人，物只是一种构成和形状而已。房子放久了，也会坍塌，终究会被自然回收。人也是如此，来自自然归于自然。而人总是有着无数的"未完成"与"不甘心"，而自然之道便是天地之道，人之道损不足而奉有余。在春节时刻，成年人的思维多数被时间一年龄所困扰。面对无尽的时间及其屠刀，谁都不过是其中的祭品而已。

这又是一个春节。2022年。少小时候，总梦想着离别故乡，到远方和城市去。将近半百的时候，却又想回到乡村。尽管，这个世界哪里都是不平静的，马克思说，有人群就有矛盾和冲突。这是万物的宿命，没有必要责怪某个地方及其人群。人类这种动物，其天性中有一个就是自相残杀，个人在其中所能做的，其实只有独善其身，如果有幸能为更多的人做点事情，那就是无上的功德了。毕竟，所有的圣人和伟人，他们的作为，就是"死而不亡者寿"。为了他人，才能把自己的名字留得比他人更长久一些。他们的事迹，也会在人群中不断被流传，也会被塑造。

但大多数人只能"修身治家"，"平天下"者肯定少之又少。事实上，时代给予每个人的机会都是包含深意的。凡人也是如此。生命中所有的经历，可能是基因和天性中的一种预设程序。面对又一个春节，又一次的年龄递进，沮丧和悲伤之外，更多的还是欣慰。尽管，有诸多的不如意，但经历就是一切。2022年，于个人而言，成绩寥寥。其实，写东西这样的事情，其实也是很虚妄的。当我们太把自己当回事的时候，大致也是自我停滞的时刻。太注重他人的说法，也是一种自戕。文学这个东西，最根本的东西就是"不从"和"不同"，很多的作家，毕生都在追求"不同"。因此，写再多的东西，也只能说乏善可陈，甚至感到更大的虚妄。

最美好的东西和回味，往往是细节和瞬间。而且，也唯有细节和瞬间，组成了每个人的一生。更绝对一些说，人其实真的活着的渴望与梦想，大致也只是某一些自以为美好与光亮的瞬间而已。对于个人来说，2022年是一个吉祥的年份，而这些吉祥和美好，都是善意者带来的和赋予的。在这里，唯有致谢，铭感在心。人在年关，感觉像是再度跨越一道不见底的深渊，庆幸与展望都会有。但更多的是庆幸。毕竟，人生当中，有诸多的事情不会尽如人意，这可能也是最好的一种状态，所谓的天道忌满，大致也是这个道理。

对此，再胡诌几句诗歌如下："唯有感恩吧，这世界原本饱满，人的存在，导致了诸多的残缺。一场风中的碎纸片，一口水中的灰尘，一支船桨被日光晒干，一棵树只剩下旷野内部的年轮和孤独，这其实也是美好的，如一片绿叶正好捕捉到早晨的第一缕阳光，一个人的额头上，凭空多了黎明的甘露。"

祝福所有人，天下人，不论近处的和远处的，相敬如宾的，还是有过怨隙的，心有暗影的还是超脱纯粹的。大地上，每个人都是亲人。

人到中年的三个觉悟

人近半百，新添了许多想法，也去掉了一些虚妄。

这个年龄，大抵是可以开始考虑退休生活了。人类至今，科技的助力大抵是工具的运用，使得我们的生命增加了一些长度。这当然称得上好事，但根本的问题是，科技与人的关系，可能是一方来替代另一方，甚至消灭另一方的，尤其是科技派生的各种工具很可能凌驾于人之上。马斯克似乎曾声称，未来威胁到人类的，肯定是智能机器人。这一点，我有同感。即使不是智能机器人，那也是另一种智能工具。

几乎从一开始，人类的命运就是注定了的。《道德经》中说："天下万物生于有，有生于无。"这是一个循环往复的过程。生死灭度，生命的本质如此，古来没有逃过这一劫的。或许，正因为如此，人类及万物才会生生不息。倘若万物只有一种方向，这个世界就不会存在了。即使存在，也无法长久。

这个道理，几乎人人都懂。可俗世繁华，物欲无穷，几乎人人都是直到此身将灭的时刻，才会幡然醒悟。苏轼说，"人生如梦"，意思是人生短暂。李白说，"光阴者，百代之过客"，是说生命的易朽和时间的无限绵长。孔子说，"未知生，焉知死？"，讲究的是厚待生，轻视死。诸如此类，诗人和圣人似乎讲得很多，不一而足。不论是"逝者如斯夫，不舍昼夜"的光阴离歌，还是"粪土当年万户侯"的壮志豪情，在伟大的时间面前，似乎都不堪一击。

于个人，这个年纪的诸多想法，犹如未尽之火焰，陡坡之流水，有一种收不住又无力回转的尴尬与无奈。对于从事文艺的人来说，这个年纪，早就过了张爱玲所说的"出名要趁早"的年纪。尽管很多演艺界的人士都是年少成名的，但可惜的是，能够艺术长青的，至今似乎很少见。《道德经》说："知人者智，自知者明。胜人者有力，自胜者强。知足者富，强行者有志，不失其所者久，死而不亡者寿。"尤其是最后一句，"死而不亡者寿"，大抵是说建立功业和在艺术上有所成就，且作品和人格为后世记起，是他们最好的归宿，也是对他们一生最大的褒奖。

天下所有为文为政为业者，无不如此。

然而，这样的人，大抵是极少数的。甚至，有些人，演了一辈子戏，写了一辈子东西，根本不知道人生和文艺的终极究竟是什么。特别是在当下的年代，欲望横流，欲壑难填，人们大多沉溺于蝇营狗苟，自以为是，钩心斗角，尔虞我诈，以获得胜利为平生之快慰。这无非是自我的一种沦陷，"德不配位，必有灾殃"，这是一个看起来虚妄的忠告，很多人无视。

人生最大的悲剧有三：一是自以为风光无限，一世荣耀，老来突然陷入泥潭。二是自觉得天地人神，无所不及，一旦卸下官服，却发现自己根本没穿衣服，或者即使锦衣蟒袍，也周身冷清，宛如霜夜。三是财聚人来，势尽朋散，门前冷落车马稀，更无一人念旧情。

按照孔子的说法，年近半百，乃是知天命之年。天命者，万物之规律纲纪也。一个人到了这个年纪，当是万般知晓、世事洞明的了。看透了云烟之中的霓裳，须臾之间的彩虹，车马之中的水流千遭与黄金白银，以"功遂身退，天之道""清静为天下正"为人生之规诫和方向，用心体察生命之沧桑痕迹，觉悟内心和世俗的真正距离。可至今的人类，早就没有了这种自觉，更没有了敬畏之心，以为天下之大，无不为我所有。抓住机遇的，在天命之年，狠命捞取，决不放手。没有抓住机遇的，只能望山兴叹，徒呼奈何。

就此，《道德经》中的这两句话，大致是最好的教诲了："天之道，不争而善胜，不应而善应，不召而自来，繟然而善谋。天网恢恢，疏而不失。""天之道，损有余而补不足。"

春天的无患子

大地植被葳蕤，芳草天涯，诸多新式的村镇在其中点缀，看起来广阔而诗意。崎岖的山间和田野里，鸟雀飞行鸣叫，野花自我喧闹，群草和绿树高低错落，鲜绿俨然。曲折的乡间公路两侧，偶尔有农人俯身田地劳作。在一条浅浅的山沟边停下，举目四望，起伏连绵的山坡上，桃花和杏花成片开放，使得渐渐发热的山野，有了一种强烈的生殖的气息。

爬上一面人工的斜坡，上面是一块较大的田地，被人种植着油菜。往往，油菜是最勤快的报春者，尤其在蜀地。很多时候，春节还没过，油菜就开始黄黄地舞蹈了，把自己的头颅举得很高。我的小姨父和三表哥及表侄子都是养蜜蜂的，常年在中国各地追着花期奔跑，夜里奔行，白天让蜜蜂采蜜，他们"掠夺"成果。他们这样的生活，诗意的话叫"逐花的部落""大地上的甜蜜贩运者"。

站在油菜花地里，群花摇头，风中飘满花粉。蜜蜂丝毫不耽误，飞过来，一头扎进花蕊，一阵吮吸之后，又张开翅膀，奔赴另一场甜蜜的约会或者交锋。正在出神，当地的村干部指着这一块油菜花地边缘的两棵树说，这就是无患子。哦，无患子，我第一次听说这样的名字。这个名字文雅、禅意，充满人对俗世生活的朴素要求或者说祈愿。无患子，即无患。似乎从上古时代开始，"守正持中""谦卑""宽仁""和"

等等，便成了"圣人"教导大众和"愚民"的不二法门，如《易经·山雷颐卦》所说："颠颐，吉。虎视眈眈，其欲逐逐，无咎。"无咎就是没有后遗症，不会出问题。无患的意思，包含了人们对于命运的敬畏与对现实生活的内在祈求，不但想此时安稳，也想着做任何事情都不留后患和遗憾。

而我眼前的这两棵树，周边的枯树都冒出绿意了，它全身还是光秃的，树干黝黑，还有些皲裂。其中一株，不知何时、何故从中折断，但依旧活着，其中一棵树，从侧面向天空开辟了新的道路，又是一棵大树。同行的朋友说："这棵树不知何时被雷击了，才变成了这个样子。"另一位诗人则说："雷击的树当中，大致都有蛇。或者说，因为有蛇，树才特别容易遭到雷击。"

关于这一点，我觉得不可思议。在很多时候，或者说，冥冥之中，天空上的一些事物与地上的一些事物暗中呼应。即这棵树已经腐烂的旧伤上，长着一朵硕大的蘑菇，中间是灰黑色的，边刃则是灰白色的。我用手机拍下来，再仔细端详时候，蓦然觉得，那蘑菇的颜色，有点像蛇身的花纹。

李时珍《本草纲目》中说，无患子又称木患子，四川当地人称之为油患子，海南称之为苦患树、黄木树、目浪树、油罗树、洗手果，少数地方叫搓目子、假龙眼、鬼见愁等等，无不带有人们对这种树木形状、功用，以及信仰和风俗禁忌方面的色彩。

无患子药用价值极高，李时珍说，无患子树根、嫩叶和种子苦、性寒，有小毒，主要功用是清热祛痰、消积杀虫，可用于治疗白喉、咽喉肿痛、乳蛾、咳嗽、顿咳，食滞虫积等，也可外用于治疗阴道滴虫。无患子种子和果仁味辛、性平，有消积辟恶之功效，多用于疳积、蛔虫病、腹中气胀、口臭等症。而洗手果这个名字，则以无患子果皮还有皂素，可用来当肥皂用而得名。

在宗教和民间风俗当中，无患子有驱魔杀鬼的神奇功效，方法是用其木材制成木棒，便具有了某种神力。无患子也被称之为"印度的肥皂"，以其为原料的洗护用品名目繁多，也很受欢迎。

关于无患子，民间有一个类似神话的传奇故事。某年夏天，忽然洪水滔天，正在危难之际，一棵巨大无比的无患子树从天降落，并以神奇的速度落地生根。当洪水奔至，人们都爬到无患子树上，渡过了一次劫难。这当然是传说，是人们对于这一种树木的感恩情感的赋予。

站在田地边，仰望无患子，看着它张开的枝干，忽然心生敬意。从形状看，无患子再普通不过，若是在森林中，很容易被人忽略。然而，人对自己和周遭事物的发现、确认和使用、依赖、解读、赋予的能力实在强悍。在先民眼中，凡是与自己同在此世的事物，都是有神性和神力的，也都可以天然地与人的现实生活、生命产生深刻联系，甚至是相辅相成、可以用来救治自身，并且满足自身各种安全需要的。据说，无患子的木材还可以用来做佛珠等文玩。

中午烈日，无患子树矗立，我再仔细观看，发现有些嫩芽，绿绿的、怯怯的，站在了无患子树四面张开的枝丫之间。心里觉得安慰，也觉得，季节的转换，其实就是对万物的一次深度唤醒与警示。所不同的是，每一种生物在时间和宇宙、地球的序列当中，都有自己的脾性和主张，它们只是在因循中坚持自己，在莽苍万物中自我成长，并且以与众不同的存在价值，特别是它们与周遭万物的和谐共荣、协调配合的非凡能力，构成了人类及其同在万物的丰富性，也构成了生命和生命的迥异与深邃，神奇与不朽，传奇和伟大。

临街而坐

罹患抑郁症期间，我极少喝茶，不是不想，是惧怕，其中以蒙顶山的黄芽和云南的大叶滇红为最。2017年夏天的一个正午，成都的溽热令人烦躁不堪，我开着空调在沙发上睡了一会儿，醒来口渴，抓住桌子上一杯已经浓酽了的黄芽，仰头灌了下去，不到两分钟，只觉得心悸、眼前发黑，急忙打车到三医院，检查了一番，也没有什么问题。随后的冬天，泡大叶滇红，喝了之后，也绝对不舒服，只觉得脑袋像一台将要停摆的钟表，那种缓慢的、有气无力的慢和卡顿感，令我惊慌莫名。

那一段时间，我在各种茶中寻找最适合自己的，颇有些冒险或者以身试毒的意味。最终确定了蒙顶山的甘露，名山的雀舌，福建的大红袍、金骏眉，以及湖南安化和陕西泾阳的茯砖茶可以喝，其他的茶不敢轻易触碰。但依旧喜欢一个人坐在成都的街边，一杯茶，一包烟，一本书，或者抱着手机胡乱翻看，偶尔聊天；再或者临街打望来来去去的人，其中以美女为多。

成都这座城市的慢和闲适，很切合中年人的生活、内心和精神实际。"少不入川，老不出蜀"算是一个货真价实的经验之谈。人生于世，每一个年龄段都有主要特征和使命。四十岁之前，多吃苦，经受失败，如财来财去、婚变、换单位、为寻一个适合自己的地方生活而疲于奔命等，其实都还来得及。一旦过了这个年纪，最好的方式是安分守己，更要时刻保持一份闲适之心，如诸葛亮在其《诫子书》中所言："夫君子之行，静以修身，俭以养德。非淡泊无以明志，非宁静无以致远。"淡泊不是消极的不争，而是学会逐渐看透和放下，对不属于自己的视而不见，不管多大的名利。这世上，除了肉身和灵魂是专属于你自己的，其他的都不是你的。宁静当然是看透和放下之后的从容，特别是内心的专注、自洽与自在。

早在来成都之前，我就有点嗜茶如命。在巴丹吉林沙漠的时候，每次到酒泉都要买些回去，其中最好的大致是铁观音和龙井，但都是那种较差的。时间久了，我对茶的嗜爱到了没茶便不喝水的程度。成都也算是茶叶之乡，但绿茶居多。峨眉茶、蒙顶山茶是最著名的，后来才知道，四川每个地方，大致都有自己的茶叶，有一些还是相当不错的，如纳溪、汶川、古蔺、天全、宝兴、青川等地的茶叶，也各有特色。其中有比较峭厉的，也有柔绵的，有清淡的，也有浓酽的。竹叶青售价高，我也不喜欢，看起来好看，可不经泡，也有些味道前重后轻的感觉，不怎么适合我这样体质的人喝。反而比较喜欢新近出现的川红茶，但多数味道不行，很多过于强调金骏眉的工艺，少了特色，口感也略显干涩，甚至味道怪异。

从2016年到2019年，每天下班，我都要找一家茶馆坐坐，周末也是。以前，文殊院附近去得比较多。因为抑郁，不能吹空调，无论再热，也坐在某个茶馆的桂花树或者榕树下，喝热茶、流热汗。冬天则坐在日光下，一连几个小时，日光转移了，便追过去。后来到南边居住后，先是在小区附近一个小茶馆楼顶，伴着三角梅、茶花等闲坐，一杯茶，一直喝到华灯满城，细微的事物都被笼统的灯光遮蔽了，方才一个人步行回家，洗澡，睡觉。再后来，住处转移到理想中心，即到现在的府城大道东段附近的一家屋顶茶馆喝茶，一般喝金骏眉、大红袍，很少触碰绿茶，生普洱更是敬而远之。

冬天若是阴霾，就去春熙路科甲巷的一家室内茶馆，坐在吸烟区，一坐几个小时。还去过IFS对面一家屋顶茶楼，其中有露天茶吧，周边高楼如山，坐在其上，总有些压抑的不安全感。单身兼抑郁症最严重的日子，我基本上周旋在这些地方，以喝茶为中心，顺便解决晚饭问题，有时候也会约几个朋友，但多数时间只喜欢一个人，坐在藤椅上，像已经老迈了的历经世事沧桑者，有气无力地沉浸在自我的世界里，尽管旁边有美女少妇、搞不清楚职业的男人，可也旁若无人，自顾自地喝茶、抽烟、看天、眺望无尽的楼顶，以及街道上忙如蚁群的车辆人流。

茶叶升沉，犹如命运和人生。绿茶的颜色好看，一片片茶叶在水中舒展开来，缓缓下落，姿势美好，像一群仙女。沉底之后，它们又层叠起来，也好像是一群老了的美丽女子在回忆自己刻骨铭心的青春。红茶则显得浑浊，甚至有些破损，特别是大红袍、祁门红茶之类的，发酵的过程相当于再生，呈现的汤色也有些浑浊，因此，往往要自己再洗一遍。金骏眉有些柔顺，但茶馆里的，多数甜味太重，没有甜味的，三五泡就寡淡无味了。茯砖茶和老白茶要煮着喝才好。起初，寿眉之类的，我也无法接受，一喝就像醉酒，或者整个身体无端发软，连走路都摇摇晃晃。

在古老的年代，人们从大地采撷食物，也知道，大地是人类的最初，也是最终。其上的每一种植物和动物，都和人有着密切的关系。其中一些，是用来补益人类肉身的，如种类繁多的粮食、瓜果、草药、禽类等。有一些则先天性地与人为敌，人一旦接触和吃下，就会遭到它们的反击，甚至丢掉性命。还有一些，则介于两者之间，合理食取，方有益处，反之则毒辣。茶叶当然也在其中。巴蜀乃至西南之地，气候多变，总体温热，以绿茶为多，当地人也多喜欢饮用。北方人最适合的，应该是发酵茶，黑茶可能最好。福建和安徽的茶种和工艺似乎更复杂一些。

慢慢地，我才知道，饮茶，其实也是要分体质的，爱茶之人，总是在不断地寻找适合自己的茶叶。绿茶性寒凉，不适合胃寒的人饮用。但在夏天，我还是喜欢绿茶。甘露是蒙顶山茶叶当中比较温和的一款。2019年春天，我的抑郁症有些好转，我开始喝蒙顶甘露，而且通过朋友联系到了蒙顶山一个茶农，每年都要从她那里买些，也给外地朋友邮寄一些。几乎每到一处，我最喜欢的事情，便是就着一杯好茶，看天看地看众生，喝山喝水喝心情。也觉得，这才是最好的生活状态，胜过去看那些所谓的景点，去吃当地各种小吃，喝酒喝得五迷三道。

人最好的状态，是时刻保持清醒，努力把自己调整到最好的状态。特别是人到中年，喝茶应当成为主要的生活方式，远离酒肉，特别是烧烤、火锅等食物。其实，在吃的上面，越简单、越粗糙越好，当下消化系统疾病高发，与个人的吃喝不无关系，当然还有环境的恶化与食材的人工制造等因素。

　　我最喜欢的，便是在街边找一个有室外场地的小茶馆，要一杯茶，一个人，就那么没有限制地坐着，喝茶，想心事，看看天空的流云，即将到来的晚霞，优雅或者懒散的行人，等等。眼前的每一个人似乎都是有故事的：浓妆艳抹的女子可能有着卑微的身世与离奇的遭遇；看起来优雅的女性，可能经受过难以想象的各种磨难；那些看起来嚣张的男人，内心可能极度脆弱；即便是环卫工人，他们那已经老去的身影里面，也有着灿烂的青春甚至过于炫目的往事。

　　维特根斯坦说："世界的意义必定在世界之外。"与之相同，茶和茶水的意义也在身体之外，可能对人的内心和精神来说更具有"趣味"和"力量"。茶香和茶水，我一直觉得是灵魂的事情，当肉身因此变得舒服或不适，它传导给灵魂的，就是愉悦或者不悦，当然还有损坏和痛苦。这一切，都因人而异。往往，在街边坐了很久，茶水已经变淡，一天的时光又要消失，远处近处，唯有车辆人流依旧。一个人在一座城市，宛如一滴水在汪洋，一根草在草原。

　　这其实是多数人的宿命，也是天地正道。人寥落之际，我起身，结账，然后转身，也消失在明明暗暗的街灯之中。在成都十多年了，去过的茶馆难以计数，有的倒闭了，有的搬迁了，大部分还在。可我知道，哪里都不会为我留下任何痕迹。不要一分钟，就好像我从没来过一样，一切如旧。诸多的来到和离开，其实都是极其短暂的，也都是了无痕迹的。唯有此时此刻，唯有我，唯有在临街的茶香中，不断地确认自己，还是当下的一个人。其实，这也就足够了。就像我喝过的那些茶，我消耗它们，它们也在消耗我。我和它们，也都是大地上的"时间的随行之物"。

沿途：蜀地行迹与成都生活
（代后记）

那种恍然的感觉延续至今。十多年前，我曾经无数次远距离路过蜀地，遥望、想象之中，感觉像是在某一庞然大物的外围，不规则兜一个大圈儿。火车好像一根有韧性的钢索，艰难、匀速而又滑溜地穿过秦岭，去往天水和兰州、武威乃至更远的乌鲁木齐和欧亚地区；或者直插西安，再洛阳、郑州，再转新乡、安阳和我的故乡邢台。如此数次，看着青山奔纵遮挡的巴蜀，从没想过进入。命运诡谲，忽一日，由西北至咸阳，火车转向西南。穿山越岭的西成铁路，一方面让人觉得沿途的时空与天地阴晴不定，自然地理蜿蜒深入且又严峻深情，另一方面又令人有一种由敞亮进入昏冥境界的恍惚与惊奇。想起李白在诗中感喟："噫吁嚱，危乎高哉！蜀道之难，难于上青天！"脑子里不由涌起农耕与冷兵器年代，工业时代之前，进出巴蜀之路，确实飞鸟翅短。"黄鹤之飞

177

尚不得过，猿猱欲度愁攀援"，以至于到当下，仍觉得这雄山深谷围圈的幽秘之地，仙意缥缈之间，充满了诸多文化上的迷离色彩与难解之谜。

我也注意到，孤独的"独"繁体为"獨"。古人造字，都有依据和意蕴，"独"这个字以"蜀"搭配，大致是因为，蜀地从来都是独立的，或者说，它有别于其他地方的自然地理及人群构成，而且是天下独一个，并无雷同。

单从军事上说，蜀地若由善于防守者经营，外强则断难入分毫。如三国蜀汉，诸葛武侯以攻为守，终成鼎足之势。五丈原星陨，蜀汉王朝便失去了"柱梁"与"屏障"，邓艾率军"自阴平道行无人之地七百余里，凿山通道，造作桥阁。山高谷深，至为艰险，又粮运将匮，濒于危殆。艾以毡自裹，推转而下。将士皆攀木缘崖，鱼贯而进"。冷兵器年代，地理条件对政权存亡作用重大，这也体现了人和自然的深度关系。这种关系看起来粗犷，似乎有迹可循，可细究起来，却又觉得极其细腻、广泛，至大至微，且还充满了玄妙与诡异。

由米仓山、摩天岭和大巴山派生而来的一片奇崛峰峦叠嶂与坡坝陈列之地，为司马错之前的苴国之所在，苴国的治所吐费城据说就在今广元市昭化区昭化镇。距此不远，便是有名的葭萌关，《三国演义》中张飞夜战马超的古战场，也是嘉陵江与白龙江交汇处。从地理上看，广元至汉中和陇南一带，沟通秦陇，直通巴蜀，早在春秋战国时期乃至更遥远的历史年代，广元乃至阆中、巴中、达州等地，就是多地区人员的混合居所。在极其古老的年代，人们在大地上的迁徙活动也很频繁，并不受到地理条件及政治军事集团的限制，往更好的地方去，或者永远相信远方的美好，是人类的天性。

广元之名得于元代，以"大哉乾元"为意。而这个地方显赫的首要原因，乃是其为女皇武则天出生地，这个中国历史上最富有传奇性，令人猜想不已的女政治家，其一生功过是非，依旧是后世讨论的对象。其父武士彟原是大木材商，后与李渊交好，为李渊提供军需。唐帝国建立，武士彟获封太原郡公，后又加封应国公，先后出任利州、荆州都督，在任上去世。李世民说："公（武士彟）比洁冬冰，方思春日，奸吏豪右，畏威怀惠，善政所及，祥祉屡臻，白狼见于郊坰，嘉禾生于陇亩，其感应如此。可谓忠孝之士。"但也有很多史家对武士彟颇为不屑，成书于后晋时期的《旧唐书》中说："武士彟首参起义，例封功臣，无戡难之劳，有因人之迹，载窥他传，过为褒词。虑当武后之朝，佞出敬宗之笔，凡涉虚美，削而不书。"

这些话肯定有意气或者正统者的偏见在内，但一个不可忽略的事实是，武士彟之女武媚娘确实是武周帝国的开创者与终结者，虽当政时短，影响力却不容小觑。有一年，我到广元，特意去了一趟皇泽寺，见殿内供奉的是武则天和李治，称为"二圣殿"，思量之下，没有下拜。大殿两侧肃立着李勣、李义府、魏元忠、李昭德、狄仁杰、娄师德、张柬之、来俊臣、上官婉儿等武周时期重臣。皇泽寺后，还有武氏家庙。一人成圣，举家英明、美好，是由来已久的传统，但若是单纯的"慎终追远"之百姓家祠，倒也无可厚非。

无论在何种社会，群体之中必有出类拔萃的，他们的行为与品格，不仅影响他人，同时对群体有着标杆与号令的非凡作用。

皇泽寺下，嘉陵江平缓如镜，若长天泻地，来处遥远，去往杳杳。水流无尽，而人生何其短促，古人就此多发感慨，"逝者如斯夫"倒是寻常了一些，"前不见古人后，不见来者，念天地之悠悠，独怆然而涕下"才是其中真味。而对于水的看法和认知，《管子·水地》中的"地者，万物之本源，诸生之根菀也……水者，地之血气，如经脉之通流者也"，"万物莫不以生，唯知其托者能为之正，具者，水是也。故曰：水者何也？万物之本原也，诸生之宗室也，美、恶、贤、不肖、愚、俊之所产也"，更符合水的本质与作用。白龙江、嘉陵江在广元，是最粗大的血管和动脉，滋养了周边万物，也使得这一片南北交界之地生生不息。

在千佛崖，炎炎烈日之下，仰望诸多的石窟和佛龛，不由得身心安静，灵魂纯粹。那些在大梁山上被历代人们雕刻的佛陀，与面前的流水及蔓延的草木相比，它们才是真正超脱的、不朽的。坐在石窟下的长椅上，流云长天，湛蓝之中，白色飘逸，大光普照，大地依旧博大而喧闹。

我觉得广元不仅是入蜀出蜀的要塞与文化文明孔径，还暗含了自然物候于此持续进行的特殊、隐秘的流变，以至于此地既有北方的峭冷、粗粝与直接，又兼具巴蜀之地的细柔、多味与灵性。

这一点，在剑门关体现得更为淋漓——既可以看到常绿植被，也可以看到北方的硬岩石与落叶乔木。有一次，我和朋友鲁青攀登鸟道，那种艰难直让我觉得，在一只猴子面前自惭形秽，甚至不如蝼蚁与田鼠、蜥蜴与飞蛾。这些动物，行在曲折陡峭的险要小道上能如履平地，而人，形体的大，以及长期于平地的行走，使我们早已经失去了与自然深度亲近的能力和机会。

攀登至最高处，向下张望，只见深壑崎岖，高崖如切，鸟儿好像在脚下飞行，云朵探手可取。再一低头，突然头晕目眩，身体发软，几次差点掉下去。那刀劈斧砍的悬崖不仅只有岩石，还有密集的被压实了的粗砂，其间还生长着黄荆等灌木，当然还有凌空而飞的野花与青草。这些生活在绝地之上的植物，大致是同类之中最高贵的，除了风雨雪之外，其他事物无法接触，这使得它们真正保持了本性。

剑门关上，有著名的梁山寺，位于山顶，四边森林危崖，端的是清净之地。院内有一株巨大的紫薇树，这种树，让我看到了同一个事物身上的两个极端：花朵雍容且娴静，人观望久了，有一种飘飘欲仙的感觉；而它的树干则是光秃的，没有皮不说，还干得不见一丝潮湿之意。据说，梁武帝当年在此修真。

香火缭绕，善男信女众多，人们祈愿的，是在俗世之中生活得好一点，再好一点。普罗大众的愿望，简单如斯，似乎很正常，又令人怜惜。俯身八角井，看到水天一体的幽暗与明亮，阴与阳，反与正，高与低，天与地，也看到了人在天地之间的茫然无措、自以为是和自作自受。往事经年，恍惚以为，此时之我与彼时之萧衍，可能是同一个人，也可能是同一个人的诸多分体之一。这种感觉奇妙且隆重，乍看起来狂妄，但人和人，一代代的人，谁能分得清自己的真实来处与去处，彼时和此刻的形体与使命？也想起萧衍第三子梁简文帝萧纲名言，"立身先须谨重，文章且须放荡"，忍不住暗道古人诚不我欺。大门有一副对联，是清朝一位秀才所作："古寺耸云端，看：仙女桥横、雷神峡吼、金光洞邃、石笋峰奇，风景纵清幽，脱不开贪嗔痴爱终是累。雄关排眼底，想：孟阳铭刻、伯约祠堂、铃声夜雨、红树珊瑚，兴亡徒慷慨，说到那功名富贵总成空。"我深深鞠躬，向着剑门山四周和头顶的虚空，当然也向着古往今来，于幽险之金牛道、褒斜道、陈仓道出入秦塞与巴蜀的众生。

在剑门关，我看到了诸葛武侯的塑像，以及平襄侯祠。这两人，都值得尊敬，他们的忠诚，至今仍旧是一种无上美德，修智、建功、利他、安民等，这是人类之所以永恒不灭的根本原因所在。景区入口处一块巨石上，镌刻着李白长诗《蜀道难》，诵读之间，只觉得胸中江河激荡，漫漫蜀道与幽秘巴蜀尽在脑海。李白的诗歌创造力，自唐至今无可匹敌，他的想象力之超群，诗歌形式上的高度自由和对汉语的理解与运用，历代诗词者无出其右，其造境、写境之超拔浪漫、飘逸，俨然天人者也。王国维《人间词话》中说："太白纯以气象胜。'西风残照，汉家陵阙'，寥寥八字，遂关千古登临之口。后世唯范文正之《渔家傲》，夏英公之《喜迁莺》，差足继武，然气象已不逮矣。"

江油之后，眼前豁然明朗，平原软绵绵、糯兮兮地迎面劈头而来。当年的邓艾，乍然率军入蜀之后，兵至江油，江油守将马邈胆小如鼠，即便其妻以死劝他引兵抵抗，这个被魏军吓破胆的伪将军也还是开城投降，将其妻厚葬。关于这一段历史，《三国志·邓艾传》说，"先登至江由，蜀守将马邈降"。其中没有细节，但小说《三国演义》更深入人心，也或许，真实的情况是，马邈并非不抵抗，而是抵抗不过，方才开城引魏军进入四川盆地。

由此可以看出，过了江油而至绵阳等地，再到白马关，整个四川平原便无一遮挡了，兵锋所向，无险可守，无关可拒，成都等地唾手可得。

很长一段时间，我一直莫名地想，江油之地何以有李白呢？这个天才的艺术家，至今标高无匹的大诗人，怎么会生在江油呢？不是说江油不足以生李白，而是李白这个人实在是太大了，大得满世界都放不下。

这可能是个人的认知和情感，但李白之于唐诗乃至中国诗歌，其推动力，几乎无人可及。有一年我专门去拜谒了李白在江油的衣冠冢，晴空之下，热风频繁撕脸，肃穆、钦敬之中，只觉得有一个人，宛如群山一般站在我的内心和灵魂深处。有一次，路过当涂县，特意下高速祭拜敬仰的谪仙人，他的一生似乎是撕裂的，更是悲剧，而正是其整个人生的悲剧与浪漫，方才成就了他。也似乎是他的狂放不羁与顽劣天真，才使得他的诗歌灿烂千年，照耀整个人类的诗歌艺术史。

接下来的绵阳，仅从地形上看，大致知道是四川盆地西北部一个巨大缓冲，当然也是沃野千里、灵杰辈出之地，其高处乃是有名的富乐山，所在行政区称为"游仙区"，这令人惊诧。巴蜀之地历来多仙气，乃是古之文化传统使然。世道流转，而今科技昌明，富乐山所在的区域仍旧沿用"游仙"之名，除了令人惊艳之外，还有古色古香与贯通天地的缥缈之感。这"游仙"大致就是李意期，宋人李昉、扈蒙等人编撰的《太平广记·神仙卷》中记载说："李意期者，本蜀人，传世见之，汉文帝时人也。无妻息。"至三国末期，李意期尚在人世。关羽被陆羽袭杀之后，刘备欲攻伐东吴，即夷陵之战前，刘备求教，李意期推脱不过，"意乃索纸笔画兵马器械四十余张，画毕便一一扯碎。又画一大人仰卧于地上，旁边一人掘土埋之，上写一大'白'字，遂稽首而去"。

在中国神仙谱系里，几乎每一位神仙都是真实存在的人，而且皆为德行昭著的义者、圣者、慈悲者，正心正念的修行者等。这位李意期，大抵也是修炼得道成仙的。在古老的年月，人们通过长时间、精细化地仰察天文，俯观地理，得出某种幽秘性极强的经验，进而通过一定的方式，使凡人也都可以成为神仙之一。尽管其中有诸多的不可能，甚至与自然规律相悖，但这种想法依旧浪漫，趣味横生。

刘备于巴蜀、南中、汉中的基业是短暂的，其国祚在悠悠历史之中，甚至连一颗流星的光斑都算不上，但就是这样一个偏安的小王朝，对巴蜀乃至西南地区的文化塑造与影响之功，却可谓灿烂光辉。且不说今之绵阳、成都、重庆、阆中、广元等地依旧鲜明的三国文化，即便在陕西、甘肃和云贵等地，关于诸葛武侯及其他三国时期的传说、遗迹等也都尚未消弭。故事的力量太过强大与入心。这个世间，唯有不同人的离奇故事和命运，才会引起他人的注意。

落日之下的游仙区也沉浸在平阔之中，涪江弯绕，水流坦然。绵阳之地，向来广大且富庶，李白故里这一历史事实，使得这片土地雄浑与苍劲之中又多了灵性、旷达与广阔。如果说李意期乃是传说中的修行得道之人，使得绵阳古来就有一种缥缈与玄妙的"冲和之气"，李白的实在性，尤其是他留下的诸多诗歌、书法乃至故事，则赋予了绵阳内蕴的精神力量与文化道统。

夜晚再次如覆如抱，游仙区内，涪江两岸，灯火灿烂且又疏密有致。次日，乘着日光徜徉，去看富乐山，据说，这里是刘备与刘璋把酒对饮的地方。陆游诗说："登山正可小天下，跨海何用寻蓬莱。青天肯为陆子见，妍日似趣梅花开。有酒如涪绿可爱，一醉直欲空千罍。驰酥鹅黄出陇右，熊肪玉白黔南来。"两千多年前，刘备说："富哉，今日之乐乎。"自此，此山便被称为富乐山了。山顶的亭台楼阁颇为雄伟，还有刘备的塑像。一侧有诸多的石刻，其中有先贤的墨迹。蜿蜒向下的路上，还塑有蜀汉五虎将之像，张飞、关羽、赵云、马超、黄忠等威风凛凛，神采飞扬。

王朝成败，其实是用人艺术的好坏，更是人心向背的结果。其他的，则是时势在起作用。刘备用人，当然有其独到之处，对诸葛武侯、结义兄弟、跟随自己的其他将领，以及巴蜀士族等，基本上做到了人尽其才。只是，天不假年，且大道有序，无奈暂居巴蜀罢了。从这一点上看，诸葛武侯不断北伐，可能也深知蜀地不能久为邦国，必须入主中原才能成就大业，蜀汉王朝也才可能久长一些。宋人雍有容所作《富乐山》一诗中说："当时四海一刘备，至此已堪悲失脚。出语翻为乐国想，是以止可偏方着。大汉誉封隆准翁，闻道山河锦绣中。安能郁郁久居此？睥睨三秦日欲东。"

再向前是一大片荷塘。正是冬季，荷花们全然卸掉衣装，将枯了的枝干连同黄枯了的叶子一同放在水面，根部在池塘的淤泥里安眠。目睹此景，蓦然想起李商隐诗句："秋阴不散霜飞晚，留得枯荷听雨声。"

这荷塘，也正是生命和灵魂周而复始、枯荣不已的象征。沿着湿地向前，山岭上植被丰茂，风吹蓝空，人在其中，顿觉身心清朗。路过一窟石洞，可容纳三五人，一泓泉水在其脚下无声满溢。蓦然想到，此处该不是李意期当年修行之所吧？忍不住驻足，浮想联翩。脑子里蓦然有一个翩翩之人，长袍拖地而行，长髯随风飘飞。

夜晚登越王楼，这座绵阳的标志性建筑，据说是李世民第八子越王李贞所建，初建时候肯定也是美轮美奂，华灯流彩的。我在想，唐帝国强盛年代，绵州人的生活肯定也是富裕且美好的。可时间摧枯拉朽，碾压一切，风雨之中，当年的楼宇年久失修，轰然倒塌了，后世之人重建的目的，一是缅怀先人，二则为本地增添文化与历史气息。也或许，人们想要表达的，还有物比人久长这个事实。逐层登上，俯瞰灯火璀璨之处，烟火气息弥散，烧烤、夜饮，相聚一起的人们，个个自得其乐。还有一些人，或在江边散步，或坐在榕树下摆龙门阵，或手握栏杆，目光穿过沉沉暮霭，伸向想去的地方。

杜甫当年也曾登临这巍巍越王楼，俯仰之间，胸中感慨万千，随即作诗说："绵州州府何磊落，显庆年中越王作。孤城西北起高楼，碧瓦朱甍照城郭。楼下长江百丈清，山头落日半轮明。君王旧迹今人赏，转见千秋万古情。"

白马关在德阳市罗江区，至今还有庞统祠墓，这个号"凤雏"的谋士，在刘备阵营中的时间太过短暂，其谋略却令人叹服。按照《三国演义》的说法，庞统兵至落凤坡，勒马抬头看到这地名，便知自己凶多吉少，果不然，俄顷，被流矢击中，殒命于此。对于庞统这个人，评价历来不一，有从政治军事层面看的，也有从道德入手的。对于当时的刘备来说，他必须找一个安身之地，与曹操、孙权分庭抗礼，而庞统，也需要一个像样的功业来证明自己的能力。君臣一拍即合，但乱世中，谋生存图发展肯定是第一位的。

历史从无定论，也无真相。每一个人在自己的年代当中都有身不由己，被时代大势所驱使的时刻，后人的评论也只是站在自己的立场上进行的，真正能够与逝者感同身受的少之又少。当年，我曾去白马关一个农家，吃了一次土豆炖鸡，味道颇为鲜美。酒足饭饱之后，想起庞统以及落凤坡，心里也不免惆怅。过往的人、事、物其实都归于虚，曾经的它们或者他们，都只是一团影子，一种能量聚散、分离、碰撞乃至消失或者重组的过程，后人的记载，多捕风捉影，眼耳转换之说。

这种感觉或认知，与我参观广汉三星堆基本一致，也多次联想到"獨"这个字，包括金沙遗址在内，它们似乎构成了蜀地独立天下的依据。仅就三星堆而言，干脆称为"神迹"可能更贴切与逼近真相，从发现到发掘，探索至今，仍未见有文字之物。我去看，青铜龙柱形器、商金杖、神树纹玉琮、纵目面具、虎头龙身青铜像、羽翼镂空青铜鸟、猪鼻龙头柱状器、青铜神坛、顶尊蛇身铜人像、铜巨型神兽等，身心被杀伐般震撼的同时，恍然进入了异世界。这些文物，每一件都有别于已有的考古发现脉络和经验世界，三星堆完全是崭新的，闻所未闻与横空出世的，它带给人的惊奇超出了人类经验和见识，也超出了今天的人们对古人及其生活、智慧、能力的想象。

浏览之中，我觉得我不是我了，我是其中一只虫子，或者干瘪的树叶，一颗象牙上的虫洞，一片青铜上的红锈，甚至一粒微尘。穿梭之中，似乎看到诸多的人们，用一些象形的器皿，在烈日之下，或者圆月朗照的亥时或者子时，经由一个人说出众人的心愿、渴望、荣耀和罪孽。因此我武断，三星堆中所有的文物都是早期的人们与上天沟通的一系列工具，这些工具与上天的要求完全吻合或者说符合冥冥之神的要求，因而不需要任何文字来表达，也或许，那些祭祀活动、巫师的咒语与祈祷词，就是上天与人类沟通的唯一渠道。我也相信，在远古年代，文字形成之前，人们已经学会了隐秘与公开的表达方式，它可能是隐晦的，有专属性的，也可能是即兴的，按照某些既定的规律来进行的。不然，三星堆发掘这么久，为什么还不见片言只字？难道那个年代没有文字？如果没有文字，又何以制作出工艺如此精湛且富有鲜明审美趣味的器皿？英国克里斯·戈斯登《魔法四万年》一书中说："魔法、宗教和科学三者之间的关系涉及力量的平衡，由此产生的问题便是力量存在于世界的何处。魔法看到的是人类与这个世界的直接联系。人类的语言和行为能影响各种事件和进程。宗教则带走了魔法关系中的部分力量，将其归给诸神，但它也给人类的直接参与留下了部分空间，尽管常常留得不多。"在这个世界上，人们不仅要持续坚定地相信和依赖科学，因为它会指导我们如何更好地生活与探索未知，也需要宗教，因为它会给予我们心灵和精神的激励、抚慰，甚至补偿与恩惠。因为，生活的真相，包括了多个对立面，如轻重、穷富、悲乐、虚实等，看起来简单，却并不能用单一种来确定与概括。

广汉是成都西北的近门，当年，邓艾等人"进军到雒"，刘禅几乎没有任何的犹豫，便决定投降。而这个雒，便是今之广汉，因其境内雒水（现为石亭江）得名。现在的成都与广汉，高铁不过15分钟，由地铁石油大学站再乘坐短途巴士也可以到达，原先觉得遥远的两座城市，如今只是须臾之间便可抵达。

2010年，我初到成都，只觉得湿意或者说水汽玲珑且细密，缠人鼻息，时值农历十一月中旬，竟然还有些热，尤其在室外活动，只穿一件衬衣，微汗，还有些粘连皮肤，不觉得冷。到正月，方才知道，这只是成都给我这样的初来乍到者的一种假象，成都乃至整个四川在冬天的湿冷，室内室外相同，尤其阴霾天气，在屋内少坐一会儿，冷意便如小刀凌迟，寸寸入骨，丝丝疼痛。

李白诗说，"九天开出一成都，千家万户入画图"，这个气势，也是有据的高度概括。我倒觉得，成都这城市最突出的，是浓郁的烟火气息。这是一个适合生活的城市，也是悍勇与精敏之士辈出之地。如常璩《华阳国志·蜀志》说，"星应舆鬼，故君子精敏，小人鬼黠；与秦同分，故多悍勇"。

李冰父子的盖世功德，是通过都江堰这一伟大水利工程，使水患不断的成都平原转换为"水旱从人，不知饥馑"的天府之国。这一堪称天人之作的伟大工程，至今仍旧在发挥重要作用。古人对山川地理的改造，其高明程度超越今人，体现的是人对自然的敬畏、顺应、利导。

几次去都江堰，在鱼嘴处伫立良久，看着水被一分为二，左弱右强，强者继续向着天际奔流，弱者则千转百回，于平原中润泽万物。再看陡峭而上的玉垒山，只觉得古人之智慧强大，李冰父子及当年参与施工者的能力，体现的是人在具体环境当中悟透天机般的"巧夺天工"。或许，古老的人们从来就认为，天地自然，与人一体，天人合一并非一个玄学概念，而是可以具体实施和操作的。这一点，让我想起明代张介宾的《类经图翼·医易》中的一句话："一念方萌，便达乎气，神随气见，便与天地鬼神相感通。"

我还专程去二王庙祭拜，李冰父子以普凡之身，怀苍生之念，利万众之为，这样的人，才是大写的人。

在成都的第七年，人运轨道倏然改变，我从人民中路三段转移到了红星路二段。这一挪移，对于我个人而言，是职业的变化，还有婚姻的变故。从巴丹吉林沙漠，忽然到成都生活之后，我体验出：人是环境的产物，正如许靖华《气候创造历史》一书中所说，真正对人的习惯、语言和现实生活等方面起作用的，不是来自同类的某种力量，而是随着地球各种变化，进而形成的气候和气候发生改变。

成都这座城市很容易同化人，它采取的方式是合并同类项，如形体的安置、生活的基本方式等，内里却持续在对思维、嗅觉、味觉、认知、判断力等方面进行修正，尽管有年龄、阅历、文化积淀等因素的存在，但我可以明显感觉到成都对我这个北方人潜移默化的"改造"。

我先前的单位，距离文殊院很近。很多时候，我喜欢坐在黄昏的雄伟大殿一侧的石阶上，聆听僧侣们集体诵唱，对其意虽然不甚了了，但那种声音让我瞬间安静，也觉得身心舒泰，慢慢趋于澄明。没事的时候，在文殊院走走，坐坐，墙外无休止的喧嚣顿时消弭，即使有引擎和汽笛声传来，感觉也非常遥远，和自己无关。

人生是复杂的过程，而唯其复杂才有滋味，唯其无常才会有不同的体验。作为一个俗世中人，我需要变换不同角色来应对各种遭遇，也需要用不同的方式来安慰自己，体恤他人，以至于十年多的时间之内，我逐渐以为自己就是成都人了，无论饮食习惯还是处事方式，都趋同于本地人。

实在说，起初在成都，我是有一些漂泊感的，外地人的感觉无处不在，主要体现在方言与风俗的隔阂上。我以为之前在西北和华北等地方，偶尔听到的四川话肯定就是全部四川方言了，可事实上，四川方言也分好多种，成都与四川的各个地市（州）方言也有区别。最难的是四川土话，有些字相同，但发音不同，有些看起来明确无误，但语调和发音略变，意思完全不同。欧阳直《蜀警录》说"蜀形胜据常山蛇首，蜀边为雄塞，杂处西南夷，厥土燥，人悍劲。箐窟怪僻，戎莽蓊翳。蜀山峭，岊巉崒多险恶，蜀水奔激澎湃而汹汹，少澄泓涵谧之致。故蜀之劫火较炽，而劫灰亦未易寒者，殆其风水使然耳"也是经验之谈，其中的"风水"我理解与"气候"的意思等同，所谓一方水土养一方人，不仅是一个确凿的认知，同时也反映了不同气候、地理对人的影响与塑造。

当然，北方话也有这个特点，即同样的一句话，表述对象不同，意思也有别，甚至语气不同，意思迥异。语言是人和人之间交流的基本方式，但其中也有着各种讲究与技巧。人类的语言，是最杰出的一门艺术，甚至高于文字。时间真是绝好的东西。十多年后，我基本理解了四川话，多数地方的方言都可以听懂。这只能表明我被成都同化的程度日深，并不能代表我已经完全融入了。迁徙和定居是人类常态，人总是相信他处一定美好过本地，也总是相信，在远处，在前方，总有自己渴望的东西，或者比此地更好的现实生活。

我来成都的目的，也只有一个——孩子有一个好的教育环境，至于自己，西北的酒泉乃至嘉峪关等地，可能也适合终老，故乡的邢台和石家庄亦然。生活中总是有出其不意与阴差阳错，落足成都之后，我觉得也挺好。多年后，作为一个客居成都的北方人，我每次出川、入川，出和入的时候，感觉突兀且强劲。出的时候，以为是从一个幽闭之地，向着他者的方向与环境徐徐进入或者乍然加入，而入则有一种即将落身于一个大型的围场或者另一个特别场域的感觉。这和我从西北到华北，从华南到西北、华北的体验和心理感受完全不同。多年前，几乎每年，我都经过秦岭、天水、西安，回到河北南太行故乡，也多次经由北京、张家口和呼和浩特等地，返回先前从军的巴丹吉林沙漠。

在秦岭之外，我知道西南方是云贵川。火车在隧道奔行，那种巨大的哐当声好像来自整个山体。对秦地与蜀山的认知，却真如李白"不与秦塞通人烟"所言，可是，这种"不通"却不是地理、道路、天空的不通，而是文化、精神、思维、习性等方面的迥然。而我的这种感觉，专属于个人，隐秘而又不足与外人道，甚至听起来有些滑稽和无聊。

学者说，盆地首先是一种视觉的阻隔，再者，巴蜀历来物产丰盛，生活悠闲，压力不大，因而"好音乐，少愁苦，尚奢靡，性轻扬，喜虚称"。

就个人而言，我在成都的生活质量，显然高于我曾经生活的巴丹吉林沙漠以及出生和成长的南太行故乡。

每一次由成都到西安，或者从西安到成都，沿途我总忍不住浮想联翩，表面看起来是对历史、人文古迹的猜想，但内心和精神当中却有一种混杂的力量，即蜀地和我之前生活过的任何地方都不同。西北是张开的，总是一副威猛凌厉的表情，故乡南太行则时常在山头上举着脑袋向外张望，试图窥探外面的世界和所谓的真相。即便一岭之隔的西安，似乎只是一种坐落，等待他者自觉的观光和朝拜。而成都则是内敛的、独我的，性格看起来热烈但并不外放，它自得其乐，又引人入胜。

维特根斯坦说，一个人能够看见他拥有什么，但看不见他自己是什么。这句话对每一个人都适用，比如我每一次进出蜀地的古怪感觉，这可能只是我一个人的"毛病"，但它是确凿的、实在的，其中也定有地理视觉与生活环境的因素。有很多次，我在飞机和高铁上，"蚕丛及鱼凫，开国何茫然！尔来四万八千岁，不与秦塞通人烟。西当太白有鸟道，可以横绝峨眉巅""人事有代谢，往来成古今""人生天地间，忽如远行客"等诗句脱口而出，好像念一个箴言，一声叹息，也好像是对自我的哀怜，或者提醒、告诫，更是一种自况，对无常之生命、生活与时刻流转变迁的人事物等。当一个个的隧道接连而至，高铁发出呜呜的嘶鸣，或是飞机擦着洁白的云朵腾上人间高处，我往往不知所来，也不知何去，那感觉，唯有《道德经》中"恍兮惚兮，其中有象；恍兮惚兮，其中有物"或可形容。